# 戀色綻放

原案／HoneyWorks
作者／藤谷燈子、香坂茉里　插圖／ヤマコ

聽說單戀是很開心的事，但這一定是騙人的。

只會讓人痛苦落淚而已。
可是啊——

。。。病名「戀愛煩惱」。。。

插圖／ヤマコ

發現自己
喜歡對方時，
……嗯。
真的讓人好開心。

∘∘∘病名「戀愛煩惱」∘∘∘

插圖／ヤマコ

幫我分一半吧
心跳加速的感覺也是
我討厭自己不是特別的
那…那個啊…
什麼？

01
11
05
各位同學
你們喜歡老師嗎～？
留堂老師
插圖／ろこる

沒有舉手的人
放學得留下來喔

那天的心情　還有今天的心情
全都朝前方奔去
氣喘吁吁地　再次打造出明天

告白預演系列 5
戀色綻放
原案／HoneyWorks
作者／藤谷燈子、香坂茉里
Kadokawa Fantastic Novels

內頁插圖／ヤマコ

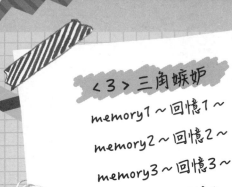

# 目錄 Contents

# 病名「戀愛煩惱」

Text：香坂茉里

Setoguchi Yu
name. 瀨戸口優
生日／7月11日
巨蟹座
血型／AB型
電影研究社成員。
和夏樹、春輝、
蒼太等人是兒時玩伴。
個性溫柔，相當受歡迎。
Enomoto Natsuki
name. 榎本夏樹
生日／6月27日
巨蟹座
血型／O型
美術社成員。
最喜歡運動和漫畫。
終於和青梅竹馬優
心意相通，但……？

## Memory 1 ～回憶1～

漫長的單戀。

歷經數次的告白預演，榎本夏樹最後在秋天向自己的兒時玩伴瀨戶口優告白。

這是兩人在成為「男女朋友」這種特別關係後，首次迎接的聖誕節。夏樹心中多少懷著期待，也以自己的方式努力準備著。然而——

在榎本家的客廳，優和他的妹妹雛，以及夏樹的弟弟虎太朗聚集在超大螢幕的電視前。

這三人正熱中於不知道從哪裡挖出來的一款老遊戲，不時發出歡聲。

「哇，哥哥！怎麼辦，感覺再被打到一下就會死了耶。幫我、快點幫我打～！」

聽到雛焦急的求救聲，虎太朗說了「給我啦，妳玩得真爛！」，從旁搶走了搖桿。

兩人一如往常地鬥嘴的同時，電視畫面浮現了「GAME OVER」的文字。

「你們倆都死了喔。」

以手托腮坐在沙發一角的優，像是樂在其中似的笑著說道。

肩負著將聖誕蛋糕切片這個使命的夏樹，雖然站在飯廳的桌前，卻無法不去注意客廳的狀況。

（啊啊！那款遊戲明明是我的，他們卻丟下我玩得那麼開心！）

「呃，不對啦！」

夏樹不禁這麼吐嘈自己。

無法加入打電動的行列，並不是什麼大問題。

（這樣根本和去年的聖誕節沒有兩樣啊！）

每年一起舉行聖誕派對，是榎本家和瀨戶口家的例行公事。

對於和雛、虎太朗、優一起度過的聖誕節，夏樹並沒有任何不滿。

只是，今年的聖誕節，是她在成為優的女朋友之後的第一個聖誕節。

夏樹準備了禮物。不擅長下廚的她，也努力做了幾道菜。

因為優馬上就要參加大學入學考了，所以她也不會提出兩人獨處這種奢侈的要求。

可是──

看著一旁下刀的夏樹，不慎讓翻糖做成的聖誕老公公人頭落地。

「啊～！我的聖誕老公公！」

她沮喪地垂下頭之後，坐在沙發上的優轉頭問道：

「夏樹？」

「沒……沒事！」

夏樹露出打算蒙混過去的笑容。

「只是有點切壞了而已，但味道還是一樣啦！」

說著，她朝蛋糕瞄了一眼。原本應該切成四等分的蛋糕，現在變成四塊大小不一的模樣，其中一塊還翻倒了。

（……吃下肚之後都是一樣的……對吧？）

夏樹試著這麼說服自己，並將蛋糕盛到盤子上。

她佯裝沒有察覺到優狐疑的眼神，向三人喊道「蛋糕切好嘍」。

「小夏，我來幫妳。」

雛放下搖桿來到飯廳。虎太朗也跟著她的動作起身。

「哇，草莓看起來好好吃的樣子！」

雛開心得雙眼閃閃發亮。

即使看到切壞的蛋糕，也還能說出這種話的她，實在是太可愛了。

相較之下——

「嗚哇！是誰叫夏樹來切蛋糕的啦！」

「你很吵耶。」

夏樹輕搥了一下這個囂張弟弟的腦袋瓜，然後端起盛著最大塊蛋糕的盤子。

這塊蛋糕比另外三塊都要來得大，上頭還插著一片寫有「Merry Christmas」字樣的巧克力板。

幸好有搶在虎太朗之前拿走這一塊。

（好！）

「優！」

夏樹雙手捧著蛋糕走向客廳。

正在收拾遊戲主機的優回過頭來的瞬間，夏樹被電線絆到腳而發出「嗚嘎啊！」的慘叫聲。

「夏樹！」

優慌慌張張地起身。

回過神來的時候，夏樹已經整個人朝他的胸口撲了過去。

「嗚哇，小夏！」

「夏樹！」

雛和虎太朗也同時吃驚地大喊。

在「咚」的一陣巨響之後，夏樹意外沒有什麼疼痛感。

（咦……咦？）

她緩緩將視線往下，發現優被自己壓在下方。

「優！」

「……唉。妳小心一點嘛。真是個冒失鬼。」

看似很痛的優皺著眉頭起身。同時，鮮奶油和海綿蛋糕從他的頭頂滑落。

「啊，這是最大塊的蛋糕耶！」

「妳擔心的點在那裡啊？」

優帶著脫力的表情把沾到臉上的鮮奶油抹去。

我搞砸了啦——

夏樹這麼想著，「啪」一聲將雙手合十，然後垂下頭表示：

「對不起！真的很對不起！」

「是沒關係啦……比起這個——」

看到優望向自己的雙腿，夏樹的視線也跟著移動。

發現自己大剌剌地坐在優的腿上的她，這才手忙腳亂地匆匆起身。

（我到底在幹嘛啊～！）

就算兩人是兒時玩伴，但這樣的狀況實在是太羞恥了。

緊閉雙眼跪坐在地上時，夏樹聽到優朝自己問「妳呢？」的聲音。

「咦？我？」

夏樹抬起頭，發現優正以擔心的眼神望著她。

「妳有沒有受傷？」

「嗯……嗯，我沒事！一點問題都沒有喔。」

相較之下，優可就不算沒事了。他常穿的那件連帽上衣現在沾滿了鮮奶油。

（啊……優很喜歡這件連帽上衣耶。）

「不要這樣讓人嚇一跳嘛。」

語畢，優以手按著膝蓋站起來。

「小夏、哥哥！你們還好嗎？」

雛捧著毛巾朝兩人跑過來。

夏樹搔了搔後腦杓，「啊哈哈」地笑了幾聲含糊帶過。

「抱歉驚動大家了。」

「真是難以置信耶。優的蛋糕要怎麼辦啊？」

聽到虎太朗這麼說，夏樹才恍然大悟地起身。

「對喔！優，我的蛋糕給你吃吧！我……我只要有那個聖誕老公公就好了！」

「沒關係啦。反正我也沒有很喜歡吃甜食。」

「可是，這是你特別買回來的蛋糕耶。啊！不然我們一人一半吧？」

隨後，優望向夏樹，用緩緩伸出的那隻手輕拍她的頭。

「優……優？」

聽到夏樹以困惑的嗓音呼喚自己，優的表情瞬間變得柔和。

「那就跟妳分一半嘍。」

「嗯……嗯。」

夏樹輕輕點頭後，優又說了一句「借一下你們家的浴室」，接著便朝客廳大門走去。

望著他離開客廳的背影，夏樹將手放上仍殘留著優溫柔觸感的頭頂。

感覺臉頰開始發燙的她低下頭來。

自顧自地一頭熱、又自顧自地白忙一場。這讓夏樹感到相當難為情。

彷彿只有自己意識到這件事一樣——

（為什麼優能夠這麼泰然自若呢？）

無論是「告白」之前或之後，優的態度都沒有太大的差別。

所以，儘管已經是兩情相悅的狀態，夏樹心中的不安卻不斷地膨脹。

（在那之後，他也沒再跟我說過「我喜歡妳」……）

優的「喜歡」跟自己的「喜歡」，真的是相同的東西嗎？

在夏樹收拾掉在地上的蛋糕時，雛在她身旁蹲了下來。

「來！」

「小……雛。」

夏樹接下小雛遞過來的毛巾，愣愣地望著她。

「這裡由我和虎太朗來收拾吧。哥哥就麻煩妳嘍，小夏。」

雛微笑著對她這麼說。

「為什麼我得幫夏樹收拾她的爛攤子啊？」

皺著眉頭說出這句話的下一刻，虎太朗的側腹吃了雛若無其事使出的一記手肘攻擊。

「謝謝妳，小雛！」

夏樹重新打起精神，捧著毛巾從原地站起來。

這是兩人在開始交往之後，共同迎接的第一個聖誕節。

如果自己老是失敗，優想必也會受不了吧。

（我希望優能開心地度過今天，而我也——）

將客廳的殘局交給雛和虎太朗之後，夏樹便趕往優的身邊。

派對的後續整理工作結束後，夏樹送優和雛走到自家玄關。

「再見嘍，小夏！」

「嗯，再見！」

夏樹向打開大門走出去的雛揮手道別。

優仍坐在玄關，以比平常更久的時間仔細綁著運動鞋的鞋帶。

夏樹悄悄望向他看起來很冷的後頸。

（他果然還沒買圍巾呢。）

隨後，起身的優也轉身望向她。兩人四目相接。

儘管想說些什麼，夏樹的喉頭卻像是被東西哽住了一般。

『優，有時間的話，要不要來我房間一下？我記得你之前有說想玩某款遊戲吧？我借你。』

雖然想用這種藉口留住他，但仔細想想，優可是準考生，現在是他最關鍵的衝刺時期才對。

（他哪裡有時間打電動啊！）

就連今天，優也是勉強從忙碌的生活中抽出時間過來參加派對。

不能再耗掉他的時間了。

優沉默地將單手插進連帽上衣的口袋裡。

剛才用水洗過的部分還沒有乾。

（這樣子……果然太不像我了！）

雖然無法兩個人單獨度過這天，至少，夏樹想給優一個實質上的紀念。

不過，說實話，她沒有自信。

她不確定優會不會喜歡這樣的顏色和花樣。

（可是，我還是……！）

夏樹輕輕吸了一口氣。

「那個，優！」

下定決心說出口的瞬間——

「那我回去嘍。」

發現自己跟優同時開口的她，將來不及說出來的話吞了回去。

「說……說得也是。嗯，再見！」

錯過時機的她硬是擠出一個笑容。

在玄關大門關上後，夏樹才吐出堆積在胸口的那口氣。

（今天會這樣也無可奈何啦。反正還有機會嘛！）

她這麼說服自己，拾起樓梯上那個包裝成禮物的紙袋。

然後就這麼快步趕回自己的房間。

走到街道上之後，優轉頭望向夏樹家。

看到夏樹房裡的燈點亮，他將插進連帽上衣口袋裡的手伸出來。

一直被優握在掌心裡的，是個繫著紅色緞帶的小盒子。

# 病名「戀愛煩惱」

## memory 1 ～回憶1～

「等到入學考結束再交給她……也沒關係吧？」

低喃聲和吐出來的氣息一同消失在空氣中。

將小盒子放回口袋裡之後，優隨即返回就在隔壁的自家。

# Memory 2 ~回憶2~

年末的十二月三十日。這天，夏樹的好友早坂燈里和合田美櫻來家中過夜。

夏樹的父母和虎太朗已經出發去享受三天兩夜的溫泉旅行了。

依照慣例，夏樹原本也會一起去才對，不過，今年她想和朋友一起過。

畢竟，到了春天，大家就會因為畢業而各奔東西了——

三人在大啖火鍋、洗過熱水澡之後，便移動到夏樹的房間，一起圍著暖桌坐下。

身子變得暖和之後，就會讓人昏昏欲睡。不過，她們今天還是想通宵一整晚。

暖桌上頭被燈里和美櫻帶來的點心，以及夏樹準備的茶水和果汁占滿。

燈里拿起點心，以一句「所以……」打開了話匣子。

「到頭來，聖誕節那天你們什麼事都沒發生嗎？」

聽到她的疑問，夏樹含糊地「嗯～」了一聲回應。

「因為我們沒有可以獨處的時間……可是，那天很開心喔！我們跟小雛他們都玩得不亦樂乎。」

雖然途中還是搞出一些烏龍，但她有跟優共享一塊蛋糕，還一起打電動。

對現在的這兩人來說，如果還想要更多，就會變成奢求了。

「而且，就算變成男女朋友，我們之間的感覺也不會一下子就改變嘛。」

說著，夏樹露出有些害臊的笑容。

「是這樣嗎？」

燈里帶著一臉茫然的表情，不解地歪過頭。

「對了，小夏。那條圍巾呢？」

被美櫻這麼問，夏樹先是心頭一驚，接著視線開始在半空中游移。

「啊……嗯，妳說那條圍巾啊！」

「妳沒有送給他嗎？」

美櫻的表情微微陰鬱下來。

「因為抓不到好時機，所以……」

夏樹支支吾吾地辯解，然後向美櫻道歉。

「對不起，美櫻！難得妳教了我做法……」

「我沒有關係。可是，為什麼不送給他呢？」

在美櫻注視之下，夏樹不禁縮起身子。

「因為……」

「「因為？」」

美櫻和燈里異口同聲地問道。

看來，直到自己說出答案之前，這兩人或許不會善罷甘休吧。於是夏樹選擇乖乖回答。

「我覺得我好像織得有點醜呢……啊，對了！這本雜誌上也有寫喔。讓男朋友收到之後會覺得困擾的禮物排行榜，第一名就是親手織的圍巾！」

夏樹拿起一本扔在暖桌旁的雜誌，將貼有便利貼的內頁攤開來給另兩人看。

《戀愛參考書．最終版！》

封面上寫著這幾個斗大的字樣。

當初，自己參考這本雜誌的內容，擬定了一個完美的計畫，最後卻沒能順利遂行。

所以，情人節至少也要——

「這個必須沒收。」

說著，燈里伸出手拿走了雜誌。

「啊，那是我的參考書……！」

「我覺得戀愛沒有什麼參考書耶，小夏。因為，這是妳獨一無二的戀情呀。妳應該要靠自己擬定相關的計畫才對。」

「嗚……雖然我也明白這一點啦。」

第一次跟喜歡的人兩情相悅，然後第一次交往——

太多太多的「第一次」，讓夏樹不知道該怎麼做。

直到現在，就連自己想要跟優變成什麼樣的感覺，她也毫無頭緒。

「可是，該說我不希望讓優覺得我太沉重嗎……」

夏樹將暖桌的棉被拉高到肩膀的位置，支支吾吾地叨唸著。

「太沉重……不好嗎？」

美櫻輕聲說道。

察覺到夏樹和燈里紛紛望向自己的視線後，以雙手捧著茶杯的美櫻抬起頭。

「真心喜歡上一個人之後，這樣的感情會變得沉重，或許也是無可奈何的。還是說，妳的『喜歡』是一種很輕鬆的感情呢，小夏？應該不是這樣吧？」

看著以極為真摯的眼神這麼詢問自己的美櫻，夏樹只能吞吞吐吐地用「我……」來回應。

「妳努力織出來的那條圍巾好可憐呢。」

說著，眼眶微濕的美櫻再次垂下頭來。面對這樣的她，夏樹不禁噤聲。

對喔——

（我真是個笨蛋……完全沒能體會美櫻的感受。）

美櫻喜歡著夏樹的兒時玩伴芹澤春輝。

然而，她似乎已經決定不將這份感情傳達給對方。

從高中畢業之後，春輝就要到國外去留學了。

面對朝著夢想大步前進的春輝，美櫻或許是不想成為他的絆腳石吧。

美櫻對春輝的這份心意，並非是輕鬆的感情。

（而我對優的感情，同樣也不輕鬆啊……）

因為是真心，所以沉重。沉重到無法讓她獨力承受。

這樣簡直就像是生病了。

胸口明明很痛，卻沒有任何一種藥能夠治療這種痛楚。

好不容易兩情相悅之後，能和優一起擁抱這樣的情感，應該是令人開心不已的事情才對。

但現在，夏樹卻只擔心這份情感會變成優的負擔。

所以，那條滿載著自身心意、就連自己都覺得很沉重的圍巾，她實在無法送出去。

「我還是把那條圍巾送給優好了。」

夏樹抬起頭，道出自己的決心。

「真的嗎？」

看到夏樹點頭回應，美櫻微笑著表示「太好了」。

「比起我的事情，妳呢，燈里？」

聽到話題轉移到自己身上，原本正在對杯子吹氣的燈里愣愣地眨了眨眼，以一句「妳說我？」反問。

「對啊，例如平安夜那晚發生的事情之類的！」

夏樹知道燈里之前和蒼太一起度過了平安夜。

兩人之間的聯絡似乎也變得比之前頻繁，經常能看到燈里開心地注視著手機畫面的模樣。

（我覺得應該有發生什麼好事啦，不過……燈里幾乎不會主動提起這方面的事情呢。）

「我也滿在意燈里跟望月同學的發展喲。」

「妳看，美櫻也這麼說啊。妳就趁現在告訴我們嘛！」

發現夏樹和美櫻一起以滿心期待的眼神望向自己，燈里帶著有些害羞的笑容「咦咦？」了一聲，然後用手玩弄著自己的杯子。

「那個啊……」

「嗯嗯！怎麼樣？」

夏樹一邊猛點頭，一邊催促燈里往下說。

後者將自己的包包拉到身旁，從裡頭取出一張名片大小的紙片。

「我把車站附近那間蛋糕店的集點卡集滿了！」

燈里笑瞇瞇地向兩人展示手中的紙片。

一頭霧水的夏樹發出「啊？」的聲音反問。

燈里的天然呆特質還是一如往常。

「啊，妳是跟望月同學去的嗎？」

美櫻道破這點之後，燈里看起來很開心地點了點頭。

仔細一看，蓋在集點卡上頭的最後一個印章標記著「12／24」的日期。

「所以，妳那天是跟望太一起去呀！」

「因為我實在很想吃聖誕節限定的草莓鮮奶油蛋糕，所以……」

說著，燈里的臉頰似乎也浮現淡淡的嫣紅。

「我想再聽妳說得詳細一點！」

「呃……裡頭夾了很多的草莓，鮮奶油吃起來也很清爽喲。海綿蛋糕的部分軟綿綿的……」

「我不是指蛋糕的詳細啦！」

看著燈里露出想要含糊帶過的笑容，儘管內心有些焦急，但夏樹還是放棄繼續追問下去。

（他們一定發生了什麼事……燈里之後應該會告訴我們吧？）

燈里和蒼太都在尋找自己的「戀情」的答案。

美櫻和春輝也一樣。

至於自己和優——

她想一直和優在一起。

未來也一直一直——

優是否也和她有著相同的想法呢？

回過神來的時候，夏樹發現燈里和美櫻都沉默了下來。

她們內心想必都在思考同一件事。

能像現在這樣待在一起的時間，只剩下三個月左右了。

沒人能夠預言畢業後的未來。

「噯。」

聽到夏樹的呼喚，燈里和美櫻同時望向她。

「機會難得，我們要不要約大家一起去新年參拜？」

「妳說的大家是指春輝他們嗎？」

美櫻有些困惑地反問。她看起來似乎沒有什麼意願。

和過去相比，春輝跟美櫻兩人單獨聊天的機會變少了。

就算待在一起，他們倆也常常不發一語。

正因如此，夏樹才會覺得不能繼續這樣下去。

「優跟望太說他們會在春輝家進行電影的後續剪輯作業。只要主動邀約，他們就會來喔。」

「會不會打擾到他們呀？」

看著垂下眼簾這麼表示的美櫻，夏樹刻意以快活的語氣回答：「沒問題的啦！」

「再說，能一起去新年參拜的機會……」

可能只剩下這次了——夏樹將後半句話默默吞回肚裡。

因為，如果化為言語表達出來，總覺得好像就會真的變成最後一次。

「嗯，說得也是。」

燈里露出笑容表示贊成。

「那……要聯絡他們嗎？」

說著，美櫻拿出自己的手機。

「既然要約嘛……」

夏樹望向另兩人，並露出一個惡作劇的笑容。

電影研究社為了畢業製作而開拍的電影，在春輝提議重新拍攝最後一幕之後，作業排程又被迫延長好一段時間。

「在電影完成之前，我們都沒有新年！」

在蒼太一聲提振士氣的喝令之下，聚集在春輝家的三人紛紛打開自己的筆記型電腦，

開始默默地進行作業。

之前，他們已經跟廣播社借用相關器材，剪輯了大部分的電影片段。現在只剩下用自家電腦就能夠解決的內容確認和修正作業。

優戴上耳機，開始進行音量調整和清除雜訊等工作。

一旁的春輝會在進行影片整體確認的同時，將比較細微的指示寫下來給他，所以優僅需依照這些指示動作即可。只要習慣了這樣的作業內容，就不算複雜。

隔著桌子坐在對面的蒼太，則是將字幕用原稿攤開在桌上處理。進行作業的途中，他伸了個懶腰，口中不知吶喊著什麼。

優摘下耳機，發現他是在叨唸：「根本做不完嘛！」

「剛才發出喝令的人，反而是最先把集中力用光的啊？」

「人類的集中力只能維持兩小時而已啦。我們已經持續進行四小時以上的作業了耶。」

「這倒也是呢。」

自己的作業進度也剛好來到告一個段落的地方。

春輝坐在椅子上背對著兩人。方才的對話八成沒有傳入他的耳中吧。

他定睛凝視著播放出電影的電腦螢幕，同時不斷移動滑鼠。

「春輝。」

就算被別人呼叫也渾然不覺，是很常發生在春輝身上的情況。

優伸出手扯了扯他的毛衣一角之後，春輝才終於轉過頭來。

「要不要休息一下？」

「啊～…已經這種時間了啊。」

春輝朝電子時鐘看了一眼，便拉開椅子起身，來到桌前。

蒼太隨即從便利商店的袋子裡掏出一堆零食。

「要從哪種開始吃？甜的？鹹的？超級美味棒醋昆布口味是什麼東西啊！」

「我要特辣哈瓦那辣椒口味。」

說著，春輝在桌前坐下。

「如果今天做不完，明天就也得熬夜了。望太、優，你們沒問題吧？」

「你是不是完全忘記我是準考生啦？」

聽到優這句話，正準備拆開零食外包裝的春輝和蒼太露出一臉「啊！」的表情望向他。

（這兩個傢伙……）

春輝已經決定前往國外留學，蒼太則是推薦入學組。

若是空閒時間很充足的這兩人也就算了，但就連處於考前最後衝刺時期的自己，也必須一起熬夜剪輯電影。這到底是什麼狀況啊？

當然，優並非想丟下這部畢業製作的電影不管。

他希望能一直參與到最後，也覺得自己有一份責任。

不過，說真的，這兩個人也可以多體恤他一點吧？

「就算不臨時抱佛腳，你也沒有問題吧？」

看到春輝露出壞心眼的笑容，優板起臉孔回應：

「我還不至於那麼遊刃有餘啦。」

「可是，你也認為自己不可能落榜吧？」

優以一句「那當然啦」回應蒼太的話。

「為此，我忍耐了很多事情呢。」

這時，在聖誕節當天走到玄關送自己回家的夏樹的臉龐，從優的腦中一閃而過。

（我也讓夏樹一直忍耐著呢……）

優將耳機掛在脖子上，將還剩下半杯咖啡的馬克杯湊近嘴邊。

咖啡已經完全冷掉了，但要重泡一杯實在也很麻煩。

「對了，優。你的『那個』怎麼樣了？」

聽到春輝的問題，險些嗆到的優急忙以手掩口。

「咦？『那個』是指什麼？」

「沒什麼啦。」

儘管優這麼回應，但蒼太已經被勾起了好奇心。

「你還沒把戒指交給她啊？」

「咦咦！」

蒼太因春輝的這句話而發出驚叫聲。

優原本想重新戴上耳機，藉著投入工作來逃避這個問題，但蒼太卻早一步搶走了他的耳機。

「我怎麼都沒聽你說過這件事啊！」

蒼太探出上半身，緊盯著優的臉不放。

優為了迴避他的視線而別過臉去。

「我在買戒指的時候，剛好被春輝看到了而已啦。」

在購物中心跟春輝不期而遇之後，因為沒辦法蒙混過去，優只好老實坦白。

只有自己不知道這件事，似乎讓蒼太有點受到打擊。

優並沒有刻意隱瞞。他只是覺得沒有必要大肆宣傳罷了。

「聖誕節那天，你是跟夏樹一起過對吧？」

「嗯……是沒錯……」

「既然這樣，你怎麼沒有把這麼重要的東西交給她呢？」

看到兩人一臉難以置信的反應，優縮起脖子表示：

「我找不到時機給她嘛。」

優不太情願地回答之後，蒼太轉頭望向春輝。兩人雙雙露出無言以對的表情。

「你已經收著那枚戒指多久啦？繼續這樣找藉口的話，時光轉眼間就會消逝了喔。」

春輝以手托腮這麼說道。

「我之後就會交給她啦……」

儘管想早點擺脫這個話題，但春輝和蒼太似乎不打算輕易放過優。

「難道你覺得自己主動表示些什麼，是一種很遜的行為嗎？」

優沒有回應。於是蒼太一臉認真地繼續往下說：

「主動踏出第一步，是相當需要勇氣的事情呢。我覺得等對方主動要來得輕鬆多了。可是，什麼都交給對方來做，就真的太遜了。」

被蒼太明確指出這一點後，優不禁心虛地移開視線。

春輝或許也心有戚戚焉吧。他同樣將視線移往拉上窗簾的窗戶。

他們都沒有再次出聲回應彼此。

在一片沉默中，只有紛飛的雪片不斷敲打著窗戶。

「不愧是主動告白的勇者呢。說出來的話就是不一樣啊～」

春輝以輕鬆的語氣打破沉默。

「所以，你的平安夜過得怎麼樣，望太？」

看到春輝不懷好意的笑容，蒼太瞬間滿臉通紅。

「這……這個就不用問了啦！」

# 病名「戀愛煩惱」

## memory 2 ～回憶2～

「我以後想拍一部關於你的電影喔。做為參考，快說給我聽聽吧。」

被輕拍肩膀之後，蒼太叨唸著「嗚~……拜託饒了我吧」，然後縮起身子。

看到他的反應，春輝和優不禁笑出聲來。

（對喔。在我們之中，望太是唯一主動告白的人呢。）

優回想起燈里對他說過的那句話。就在他被夏樹「告白」之後——

「瀨戶口同學！這是你跟小夏討論過後決定的嗎？」

當初，如果燈里沒有對他提出這個問題，優恐怕就不會察覺到夏樹的感情了吧。

「更何況，我們現在是在聊優的事情耶！」

面對硬是把話題拉回來的蒼太，優不禁苦笑。

「我就說那是……」

「我也贊成望太剛才的說法。夏樹應該同樣在等你採取行動喔。」

一旁的蒼太以「沒錯沒錯」附和春輝的意見。

「為什麼我得坐在這邊聽你們兩個說教啊？」

「我們是在鼓勵你啦。」

「就是啊，優。拿出你的男人本色！」

「你也該下定決心了。這可是最關鍵的時刻耶。」

仗著不是自己的問題，蒼太和春輝開始滔滔不絕地道出建議。

優以手掩面，重重嘆了一口氣。

（嗯，是這樣沒錯啦……）

「可是，事到如今該怎麼做？」

兩人一直維持著兒時玩伴的關係至今。

再加上彼此的住家又在隔壁，優幾乎已經把夏樹當作自己的家人看待了。

說實話，儘管開始交往，他還是不知道兩人的關係和以前有什麼不同。

放學後一起回家、一起去吃拉麵，以及到彼此的家中拜訪，感覺都是理所當然的事情。

事到如今，他該改變什麼、又該如何改變？

優明白夏樹也在為同樣的問題煩惱，所以，他無法草率地採取行動。

因此，雖然想著要將那枚戒指交給她，優卻還是遲遲無法付諸實行。

只是一枚戒指，並不會讓狀況出現什麼改變。然而……

「不過……繼續維持現狀果然也不行呢。」

在心中對自己低喃的話語，化為聲音洩漏了出來。

這時，擱置在桌上的三支手機幾乎同時響起。

優拿起自己的那支，確認來電者的姓名。

（……夏樹？）

正當他狐疑地想著「她怎麼會打電話過來？」的時候，蒼太從原地迅速起身。

「抱歉，我出去接個電話！」

語畢，蒼太便拿著自己的手機衝出房間。

「那我也……」

優跟著站起來，像是追著蒼太的背影般離開房間。

關上房門時，他瞥見留在房裡的春輝接起電話的動作。

優以眼角瞄了站在走廊角落的蒼太一眼，然後踩著階梯往下。

抵達一樓的客廳後，他按下通話鍵。

『優，你現在方便說話嗎？』

「妳們幾個在幹嘛啊？」

不用問，優也明白蒼太和春輝講電話的對象是誰。

今天，燈里和美櫻預定在夏樹家過夜，順便辦個年末的聚餐派對。

『這是女生陣營的祕密！』

「哦～……所以，妳怎麼了嗎？」

『我想說來關心一下你們的製作進度。感覺弄得完嗎？』

「嗯，應該沒問題吧。」

『這樣啊。』

夏樹坐立不安的心情從手機的另一頭傳來。

「幹嘛啦，妳這樣我會很在意耶。」

『呃～那個……明天就是除夕夜了，要不要大家一起去新年參拜？』

「新年參拜？」

『為了讓大家畢業之後能一帆風順……而且，我也想替你祈求考試金榜題名嘛。』

「這種事情無所謂啦。」

『才不是無所謂呢！再說，我還有東西想要交給你……』

「有東西想交給我？」

『呃！是……是遊戲片啦！感覺是你絕對會喜歡的遊戲！』

「我哪裡還有打電動的時間啊。」

『說得也是喔～！』

夏樹「啊哈哈」地笑了幾聲。

（……發生什麼事了嗎？）

雖然她的嗓音聽起來沒有沮喪的感覺，卻帶著些微的不自然。

『總之，我們六個人都要到齊喔。嚴禁遲到！』

「我知道了啦，妳才是……」

『那就這麼說定嘍！』

語畢，夏樹單方面結束了這段通話。

優以手輕撫後頸，想起收在家中抽屜裡的那個小盒子。

想交給對方的東西——是嗎？

移動到走廊一角的蒼太，困惑地盯著在手中鈴聲大作的手機。

（她竟然會打電話給我……發生什麼事了嗎？）

蒼太跟燈里一直都是透過手機簡訊聯絡彼此。

因為對方幾乎不曾打電話給自己，讓他感到更緊張了。

為了冷靜而深呼吸一次之後，蒼太將手機貼近耳畔。

「喂？」

出聲之後，過了半晌，燈里的聲音回應了他。

『……望月同學？』

燈里或許也很緊張吧。她的嗓音中透露出幾絲猶豫。

# 病名「戀愛煩惱」

## memory 2 ～回憶2～

「怎麼了？是不是發生什麼事了？」

聽到蒼太擔心地詢問，燈里答道：

『沒有……我只是想聽聽你的聲音。』

她輕柔的語氣，讓蒼太差點放開握著手機的那隻手。

他全身無力地在原地癱坐下來。

「嚇我一跳……」

他竭盡所有力氣擠出這句回應。

聽著燈里彷彿很開心的輕笑聲，蒼太也不禁跟著嘴角上揚。

（就算這樣，我還是很開心呢——）

在平安夜之後，他就不曾像這樣聽見燈里的聲音了。

聽到她的聲音之後，就變得好想見她一面。

蒼太回想著燈里滿面笑容的模樣，將腦袋輕輕靠上牆面。

「我好想見妳……好想馬上就去見妳呢。」

『咦？』

燈里困惑的嗓音，讓他迅速伸出手掩住自己的嘴巴。

（我明明沒有打算要說出來啊！）

蒼太焦急地喊出「啊，呃，那個！」等等支離破碎的字句。

最後，他無法否定自己前一刻的說詞，滿臉通紅地輕輕嘆了一口氣。

「剛才那句話……請妳裝作沒聽到吧。」

蒼太以單手遮住臉，用宛如蚊子叫的音量這麼懇求。

還好是講電話——

這副難為情的模樣，實在不能被燈里看到啊。

『要不要見個面呢？』

聽到燈里的聲音，他緩緩抬起頭來。

「咦？」

『明天一起去新年參拜好嗎？』

（跟燈里美眉去新年參拜……）

蒼太緊抿雙唇，從原地猛地起身。

「我要去！」

或許是因為急著回應吧，感覺聲音聽起來有點破音。

# 病名「戀愛煩惱」

## memory 2 ～回憶2～

「我絕對會去！」

『那麼，我等你過來喲。我之後再傳簡訊跟你說集合地點和時間。』

隨後，燈里便切斷了通話。

（怎麼辦，我簡直高興到不行啊……）

蒼太以雙手握著手機，將它貼上自己的額頭，然後緊緊閉上雙眼。

在脖子和耳朵的紅潮消散之前，他大概暫時無法返回春輝的房間了。

待房門關上後，春輝急忙接起手機。

「美櫻？」

『春輝？』

兩人呼喚彼此的聲音重疊在一起。

（啊……糟糕……）

突然來襲的緊張感，讓春輝說不出下一句話。

『我現在在小夏家。今天會在這裡過夜喲。』

「我知道。夏樹跟早坂在妳旁邊嗎？」

『咦？啊……沒有，她們去其他房間講電話了。』

那兩人大概分別打給優和蒼太了吧。

『電影的後製作業還順利嗎？』

「算是還可以吧。感覺今天或明天就能完成了。」

『這樣呀，太好了。』

兩人的對話就此中斷。儘管陷入沉默，但春輝並不覺得這是一段令人尷尬的時間。

不知過了多久，美櫻以一句「那個呀……」開口。

『可以的話，要不要一起去新年參拜？跟燈里、小夏還有大家一起去。』

至此，美櫻的嗓音滲入淡淡的落寞。

『因為，明年就不知道能不能一起去了。』

明年——

春輝緊抿著嘴唇，以「說得也是……」喃喃回應她。

深呼吸一次之後，他道出「我知道了」的答案。

『嗯……』

有些依依不捨地結束通話後，蒼太和優剛好打開門返回房間。

「「我說啊，明天……」」

在同時開口後，他們三人面面相覷，然後露出苦笑。

「這樣的話，我們無論如何都要在今晚完成後製作業才行呢！」

「我們原本就是這麼打算的吧？如果沒完成，就無法過新年。這話可是你說的耶，望太。」

春輝握著手機起身，回到自己的椅子上。

「好啦，那就上工吧。」

說著，優也戴上耳機，再次開始進行後製作業。

# Memory 3 ~回憶3~

吃完早餐後，為了換衣服和回去處理一些事情，燈里和美櫻各自返家。

眾人約定日落後在神社集合，所以時間還相當充裕。

夏樹打開衣櫥，選定幾件衣服，將它們拿出來攤在床上。

跟燈里和美櫻一起出門逛街時，因為一時興起而買下的格子裙，以及純白的毛衣。

（會不會被說這身打扮不適合我啊……）

她站在穿衣鏡前，將上衣和裙子抵在自己身上比較。

除了學校的制服以外，夏樹很少會穿裙子。所以，這樣的打扮總讓她有些不自在。

她朝自己常穿的連帽上衣看了一眼，隨後搖搖頭，甩開腦中的迷惘。

「果然只能穿這個啦！」

這可是有燈里和美櫻掛保證的一套服裝。

不要緊，看起來應該有比平常可愛才對。
心滿意足地點點頭之後，夏樹將其他衣物掛回衣櫥裡。
這時，她瞥見那條掛在衣架上的圍巾。
那是一條被小心翼翼收納著的男用圍巾。
夏樹取出圍巾，將它圈住自己的脖子，感受著那股溫暖。
之所以會輕輕瞇起雙眼，都是因為那段珍貴的回憶浮現在腦中的緣故——

今年二月的時候，她仍是單戀著優的狀態。

『喜歡一個人真的很煎熬耶。快點察覺到啦！　笨蛋。』

沒能傳達出去的這份心意，一直被夏樹保存在手機裡頭。
她獨自懷抱著對優日漸加深的情感，過著不知該如何是好的每一天。

自己的感情實在過於沉重了。不知道有多少次，她望著優的背影，在心中對他提出「幫我分一半好嗎？」的要求。

聽說單戀是很開心的事，但這一定是騙人的。只會讓人痛苦落淚而已。

——可是啊，發現自己喜歡對方時，真的讓人好開心。

因為社團活動而比較晚離開學校的那天，她跟優並肩走在天色已經轉暗的回家路上。

雪片像是為逝去的季節感到惋惜般靜靜紛落，看起來分外美麗。在夢幻的夜空中閃爍的繁星，讓人想無止盡地眺望下去。

「優。難得有機會，我們繞一下遠路吧？」

走在人行道外圍石磚上的夏樹，轉身望著優這麼問道。

就這樣一路走回家，似乎有點可惜。所以，她試著這麼懇求優。

## 病名「戀愛煩惱」
### memory 3 ～回憶3～

「如果太晚回去，伯母會擔心喔。」

「不要緊啦，她知道我跟你在一起啊！」

看似很冷的優雙手抱胸，露出略為複雜的表情。

「我想吃肉包呢。」

「啊～……我比較想吃拉麵。」

兩人肩並肩，一邊閒聊一邊走著。

「噯，優。」

聽到她的呼喚，原本仰望著夜空的優轉頭望向夏樹。

「什麼事？」

「我之前在情人節送你的巧克力……」

「喔，妳說那個友情巧克力啊。」

優的話讓她心頭一緊，拎著書包的手也不自覺用力。

二月十四日的情人節當天，無法坦率表示「這是真心巧克力」的她，再三強調「這是友情巧克力！」之後，硬是將自己大費周章完成的巧克力塞到優的手上。

看到有其他女孩子想送自己巧克力時，優總是以「抱歉，我不太喜歡甜食」來婉拒她們。

不過，夏樹知道他其實並沒有那麼排斥甜食。

噯，優。如果你的真命天女還沒有出現的話——

那麼，你喜歡上我就好了啊。

這樣不是很簡單嗎？

因為，我也對你——

「其實啊……」

在優的凝視下，原本想說出來的話語，現在全都哽在喉頭。

「那個巧克力很好吃喔。」

「那……那就好。我一直有點擔心呢。」

夏樹揪著制服裙子，勉強自己露出笑容。

「幹嘛啦，其實那個巧克力是失敗品嗎？」

「才不是失敗品呢，超級成功的！因為我練習好多次了嘛。」

「這麼努力做出來的巧克力，原本是想送給妳的真命天子嗎？」

語畢，優再次邁開步伐。夏樹不禁用力抿唇。

然後輕聲開口：

「我……哪有什麼真命天子啊。」

除了你以外——

走了幾步之後，優停下來望向佇立在原地的她。

「妳在幹嘛啊？」

「沒什麼。感覺變冷了呢。」

優就在那裡，默默等她追上。

看到趕來身旁的夏樹對自己露出笑容，優扯下脖子上的圍巾。

「妳流鼻水了啦。」

圍在頸子上的那條圍巾，還殘留著優溫暖的體溫。

「別老是讓人照顧妳嘛……」

優的溫柔，讓她感到開心又感動不已。

「嗯……」

對優的這份心意，什麼時候才能好好傳達出去呢？

夏樹思考著這樣的問題，和優一起再次踏出腳步。

「優，這條圍巾……」

「嗯？」

「可不可以給我啊？」

「不可以。我很喜歡這條圍巾呢。」

她知道。因為，在使用自己很喜歡的東西時，優總是會加倍珍惜。

「就當作是情人節的回禮嘛！三倍奉還不是基本嗎？」

「敲竹槓也敲得太誇張了吧。再說……那是友情巧克力耶。」

「就算是友情巧克力，裡頭也充滿了我的真心啊！」

「妳……真的想要這條圍巾喔？這是男用的耶。」

「我想要啊。這條圍巾比較好。」

知道這是自己的任性要求，也知道這樣只會讓優覺得無言，她還是這麼說出口。

看到用手按著圍巾、滿面笑容的夏樹，優也露出像是舉白旗的笑容。

不想分開。

想永遠和你在一起。

如此強烈的願望，或許就是在那時許下的吧。

至今，優仍未購入新的圍巾。

所以，她想送他一條圍巾。

雖然不是親手織的也無所謂，但夏樹總覺得買現成的有點沒意思，所以決定挑戰自己不熟悉的毛線編織。

「……美櫻說得沒錯呢。」

就算沒有拿出來用也無所謂。

只要優能擁有這條圍巾就夠了。

這樣一來，她為這條圍巾注入的心意就不會白費。

夏樹是這麼想的——

# memory 4 ～回憶4～

父母在聖誕節買給自己的那雙全新的靴子，有著高挑鞋跟的成熟設計。套上它之後，感覺視線所及之處也比之前高了一些。

「好，我要出門嘍！」

夏樹拎起紙袋和包包，打開玄關大門。

踏出家門後，燈里和美櫻正在外頭等著。

「抱歉，讓妳們久等了！」

「啊！這條裙子……」

美櫻隨即注意到自己的打扮，讓夏樹覺得很開心。

「會不會很奇怪？我總覺得雙腿好冷，又有點不自在呢。」

「很適合妳喲，小夏。」

燈里也點頭贊同美櫻的意見。

「嗯，好可愛喔。」

夏樹害羞地笑了笑，再次望向兩名友人的穿著打扮。

美櫻穿著領口有一圈絨毛的純白色大衣。燈里則是一身冬紅短柱茶圖樣的和服，再加上外掛。

「妳們倆看起來也超漂亮的！」

三人牽起彼此的手興奮地聊了片刻後，便並肩踏出腳步。

（優……他應該會來吧？）

現在已是過了晚上十點的時分。來參拜的人潮開始聚集在神社附近。

通往神社的參拜道路上，並排著販賣各式面具、棉花糖和蘋果糖的攤販，十分吸睛。

燈籠的光亮，將這個夜晚點綴得絢爛無比。

抵達做為集合地點的鳥居時，仍不見優等人的蹤影。

「真是的～！他們該不會完全忘了這件事了吧？」

遇上和電影製作相關的事，就會變得廢寢忘食的三人。

# 病名「戀愛煩惱」

## memory 4 ～回憶4～

他們有可能仍埋首於尚未完成的作業之中，也有可能是在完成之後放鬆下來，然後就一直呼呼大睡到現在。

「如果是這樣的話呢？」

聽到燈里這麼問，夏樹雙手握拳表示：

「當然要去春輝家把他們拖出來啊！」

「啊，他們來了。」

美櫻在人群之中瞥見了春輝等人的身影。

雖然已經過了約定的時間，但三人完全沒有表現出匆忙的態度，只是看似很睏地打著呵欠。

「快點～！」

夏樹雙手扠腰，出聲催促姍姍來遲的三人。

「時間不是剛剛好嗎？」

抵達現場之後，優朝自己的手錶瞄了一眼。

「早就過了約好的時間啦！」

「抱歉。原本想小睡片刻，結果卻睡過頭了。望太忘記設定鬧鐘，所以……」

春輝這麼說著，然後望向蒼太。

蒼太似乎是無法將視線從和服打扮的燈里身上移開，只是愣愣地杵在原地。

他甚至連開口向對方打招呼一事都忘記了。

看著他這副模樣，春輝傻眼地表示「沒救嘍」。

「電影完成了嗎？」

美櫻以有些顧慮的嗓音問道。

春輝望向她，又隨即移開雙眼。

「基本上算是完成了……之後只剩下一些瑣碎的修正作業。」

聽到春輝僵硬的回答，美櫻回以一句「這樣呀」，之後便沉默下來。

看著這樣的兩人，夏樹不禁感到焦急。可是，優卻裝出一臉什麼都不知道的表情，蒼太則是完全被燈里吸走了注意力。

（真拿他們沒辦法耶～！）

於是，夏樹朝春輝和美櫻的背影伸出手。

「好啦，快走吧。限定三百份的紅豆湯在等著我們呢！」

「別推啦，很危險耶～」

# 病名「戀愛煩惱」

## memory 4 ～回憶4～

儘管嘴上抱怨了幾句，春輝還是和美櫻並肩踏出了腳步。

（嗯，很好！接下來是……）

夏樹轉身望向燈里和蒼太的所在處。

「望月同學，你還好嗎？……是不是發燒了？」

燈里體貼地靠近蒼太，直盯著他的臉瞧。

「我……我沒事！完全沒事……！」

發現燈里的臉近在咫尺的蒼太，慌慌張張地想往後退開，還不慎踉蹌了一下。

「可是，你的臉很紅呢。」

燈里露出擔心的表情，將手伸向蒼太的臉。

被她的掌心貼在額頭上，似乎讓蒼太的體溫再次升高。他漲紅著一張臉僵在原地。

「望……」

看不下去的夏樹正打算開口時，有人一把拉過她的手臂。

「禁止雞婆。好啦，我們走吧。」

「啊！等等啦，優。」

她就這樣被優拉著手走上石階。

再次轉頭望向身後時，夏樹發現燈里和蒼太已經並肩一起跟上他們的腳步。

走到一半時，石階上已經形成長長的人龍，所以他們只能緩慢前進。

等待隊伍移動的時候，氣溫似乎再次下降，四周也開始出現飄散的雪花。

夏樹不自覺地原地踏步起來。

果然不應該穿裙子過來的——她不禁感到些許懊悔。

（而且優什麼感想都沒說……）

「我想借用學校的視聽教室呢。畢竟還是希望能從頭到尾好好確認一次。既然這樣，還是用大螢幕看比較好吧？」

「拜託明智老師的話，他應該能幫我們申請使用許可吧。」

優將雙手插入外套口袋，和春輝認真地討論著。

連這種時候，他們都還在討論電影製作的事情。

「望太，明天再集合一次吧。」

春輝轉身向後頭的蒼太這麼表示。

「果然也沒有新年假期了嗎……我原本還想從早到晚來個愛情片馬拉松呢。」

看到蒼太沮喪地垂下雙肩的反應，春輝笑著攬住他的肩頭說道：

「等後製作業結束了，你就能盡情看到頭昏腦脹嘍。現在先忍耐一下吧。」

「在後製作業結束的時候，我就會變成頭昏腦脹的狀態了啦。」

蒼太抬起頭，以一雙滿是怨懟的眸子望向春輝。

「為一件事投入自己所有的精力，是很棒的事情喔～你也這麼認為對吧？望太～」

「優～！怎麼辦，春輝不肯放過我啦。」

「既然望太能夠當祭品，那應該不需要我了吧？」

「啊～你打算自己一個人溜掉嗎！」

「美櫻，妳等一下想吃什麼？」

面對無法加入春輝等人對話的美櫻，燈里開口向她攀談。

「啊，嗯……我有點想吃蘋果糖。」

「我要吃什麼好呢～可麗餅感覺也很美味呢。」

燈里以食指抵著下巴思考這個問題。

「那小夏呢？」

「當然是炸薯條嘍。另外，美乃滋烤蝦跟烤玉米也不能少！」

夏樹轉頭望向燈里和美櫻，不假思索地這麼回答。

這時，一旁的優噴笑出聲。

看似沒在聽夏樹說話的他，似乎有把每句話都聽進耳裡的樣子。

「夏樹，妳是來吃東西還是來參拜的啊？」

「咦？當然是來參拜的啊！」

「就是啊～妳要替優祈求金榜題名對吧，夏樹？」

春輝笑著出言調侃。

一下子羞紅了臉的夏樹，鼓起腮幫子以「有什麼關係！」反擊。

「那你又要祈求什麼……」

瞬間想起美櫻的立場的她，沒能把這句話說完。

相隔一小段距離和春輝並肩走著的美櫻，只是帶著淺淺的微笑而不說話。

身旁的優低聲唸了夏樹一句「笨蛋」。
「這還用問嗎！」
春輝像是為了一掃尷尬的氣氛般提高音量。
「就是明年也能拍出很棒的電影啊。這是我唯一的願望！」
聽到這個很像春輝會說的答案，優和蒼太都笑出聲來。

「美櫻，妳呢？」
聽到燈里這麼問，美櫻遲疑了半晌，然後露出微笑答道：
「希望大家都能達成自己的夢想……吧。」
（美櫻……）
現在，美櫻正是最努力按捺自身情緒的人。
倘若夏樹站在和她相同的立場上——
她能夠扼殺自己的情感，笑著目送為了實踐夢想而離開的優嗎？
她能夠從背後推優一把，要他好好加油嗎？
「不愧是美櫻。這種替大家著想的個性，真的讓人很窩心耶！」

夏樹刻意以開朗的聲音這麼說，並斜眼看著春輝。

「相較之下，春輝就……對吧？」

「哎呀，他這種貫徹始終的地方，不也很好嗎？」

聽到蒼太從旁打圓場，優跟著點頭附和「也是呢」。

終於來到賽錢箱前方之後，眾人將錢幣扔到裡頭，並在拍手後許願。

夏樹偷偷觀察著在身旁雙手合十、垂下眼簾的優的面容。

希望優的心願能夠達成。然後——

# memory 5 ～回憶5～

遠方傳來的除夕鐘聲停止後，神社裡頭變得比方才更加水泄不通。
看了看手錶，發現日期已經來到隔天。
隨後，周遭便傳來此起彼落的互道「新年快樂！」的說話聲。
「已經變成新的一年了嗎！」
原本忙著輸入手機簡訊的夏樹，抬起頭來焦急地環顧四周。
接著又將視線拉回手機螢幕上。
「連不上網路、電話也打不通！為什麼啊？」
儘管想聯絡燈里和美櫻，但似乎是因為收訊不良和網路流量限制的緣故，夏樹遲遲無法和友人取得聯繫。
她似乎是在挑選護身符時和她們走散了。

蒼太和春輝也出發去尋找兩人，但可能是沒找到，所以也一直沒回來。

「優，望太跟春輝他們有聯絡你嗎？」

「沒有。」

「咦咦！你試著跟他們聯絡一下嘛。」

雖然夏樹這麼催促，但優仍沒有掏出手機的打算。他取而代之地揪住夏樹的外套衣袖。

「走吧。」

「咦咦？可是，聽說遇難時不要隨便移動比較好耶。」

「我們又不是遇難……」

「等等啦，優……」

「我們不是有約好集合的地點嗎？他們幾個等一下就會出現了啦。」

語畢，優領著一臉困惑的夏樹走向神社後方的小徑。

開始在地面堆積的雪，讓兩人每踏出一步，腳下便傳來清脆的沙沙聲。

## memory 5 ～回憶5～

在遠離人潮之處，美櫻獨自佇立在一棵大樟樹下。

她落寞地仰望星空的模樣，讓春輝停下腳步。

倘若移開視線，那個夢幻的身影彷彿就會和白雪一同消融似的。

「美櫻。」

聽到他開口呼喚，她轉過頭來。

原本不安的表情，也因為放心而緩和下來。

「太好了……你找到我了呢。」

她的微笑，以及這句發言，讓春輝的胸口湧現一陣痛楚。

不管妳在這個世上的什麼地方，我都會找到妳——

畢竟不是在拍電影，所以，春輝不可能輕易將這句話說出口。

（我是白痴嗎……）

他以單手遮掩自己變紅的臉。

「春輝？」

看到美櫻不解地歪過頭，他回應「沒什麼」。

這樣的說法，連春輝本人也覺得自己相當冷淡。

「不知道小夏他們人在哪裡呢？」

「噢……應該跟優在一起吧。望太也跑去找早坂了，不需要擔心。」

春輝望向遠處這麼回答之後，似乎因此放心下來的美櫻回以「說得也是呢」。

至此，兩人的對話結束，只是默默地並肩站在一起。

那些非說出來不可的話語，現在卻還是哽在喉頭。

春輝朝身旁偷瞄一眼，發現美櫻正對著湊近嘴邊的雙手呵氣，看起來很冷的樣子。

在冰冷空氣的籠罩下，她的臉頰也被凍得泛紅。

「……妳的手套呢？」

「啊，我把它忘在小夏家裡了。」

美櫻有些害羞地將雙手交握在一起。

拾起她凍僵而發紅的手時，春輝能感覺到美櫻緊張的反應。

「妳的手……真的好小啊～」

在春輝輕聲發表感想後，美櫻垂下頭來想抽回自己的手，卻被他微微使力握住。

「妳就是用這隻手……畫出那麼美的畫作嗎？」

美櫻抬起頭來，眼中滿是不安的情緒。

春輝咬住自己手套的指尖，將它脫下來之後，再套到美櫻冰冷的手上。

兩人凝視著落在手套上的雪片融化，然後消失。

「啊……不用了啦。這樣你會冷吧？」

美櫻猛地回神，然後慌慌張張地企圖脫下手套。

「沒關係啦。」

春輝鬆開手，筆直地望向美櫻。

能夠像這樣兩人獨處的機會，今後還剩下幾次呢？

他已經好久不曾看著美櫻的臉和她說話了。

邁入新學期之後，他總覺得自己就算在學校裡和美櫻巧遇，似乎也無法好好跟她交談。

「春輝，你怎麼了？為什麼在發呆？」

要告訴她留學的事情，就得趁現在。

春輝很明白這一點。

然而，就算說了又能怎麼樣呢？

自己的選擇仍不會改變。

沒能選擇美櫻的他，事到如今，究竟還想——

「……走吧。得去找其他人才行。」

語畢，春輝握住自己變得冰冷的手，轉身踏出步伐。

看著春輝朝人群走去的背影，美櫻以不可能被聽到的細小音量呼喚他的名字。

令她驚訝的是，春輝停下腳步，還轉頭望向她。

臉上原本浮現笑容的她，這一刻變得好想哭。

「怎麼了？我走太快了嗎？」

「……不，沒什麼。謝謝你。」

話語自然而然地傾洩而出。

春輝微微瞪大雙眼，接著匆忙轉過頭去。

謝謝你。

第一次讓我湧現這種感情的人——

在擁擠不堪的參拜隊列之中，蒼太幾乎整個人都動彈不得。

「不好意思，借過一下！」

他一邊這麼吶喊，一邊在人群裡頭穿梭。

（燈里美眉在哪裡呢……她剛才好像有說要去買護身符？）

好不容易脫離隊列後，蒼太朝販賣破魔箭、熊手和護身符等商品的社務所走去。

那裡也聚集了不少人群，可以看見巫女們忙著招呼對應的身影。

他朝供應甜酒和紅豆湯的帳棚望了一眼，然後繞神社外圍走了一圈。

最後，他終於在洗手亭附近發現了燈里的身影。

而且還是被幾名年輕男子包圍的狀態。

或許是大學生吧。看起來，他們好像正在以相當輕佻的語氣和燈里搭話。

（難道……是在搭訕？）

燈里露出一臉困擾的表情，似乎很想離開現場。

這時，其中一名男子故做親暱地將手搭上她的肩頭。

看到這一幕的瞬間，蒼太隨即踏出腳步。

「燈里……！」

他不自覺大喊的聲音，讓燈里和那些男子轉過頭來。

明白自己做出什麼行為的同時，他因踩到積雪而滑了一跤。

看到蒼太狠狠摔倒在地上，男子們發出訕笑聲。

「望月同學！」

燈里推開那幾名男子，趕向朝蒼太所在之處。

「什麼啊，原來是跟男朋友一起來的喔。」

男子們這麼咕噥著離開。

鬆了一口氣的蒼太將自己的身子從地面撐起。

（太好了……還好他們不是很纏人的類型。）

「你沒事吧，望月同學？」

燈里彎下腰，擔心地伸出手。

但蒼太無法握住她的手，只能回以一個無力的笑容。

「總覺得……我老是讓妳看到自己很遜的一面呢。」

燈里以雙手緊握著自己的日式束口包，默默地盯著蒼太。

他無法望向自己倒映在她眼中的身影。

「一點都不遜喲。」

在蒼太抬頭的同時，燈里拾起了他的手，然後拉著他一起站起來。

「你剛才是想要幫我，對不對？」

「可是，到頭來……」

我什麼都沒做到——

正當蒼太企圖再次垂下頭的時候，冰冷的掌心貼上了他的臉頰。

在那隻手的引導下，他緩緩抬起原本望向腳邊的視線。

「我很開心呢。」

因為和服打扮的燈里讓自己看得出神，所以完全忘記要開口和她說話。發現她被其他男人搭訕時，又因為太過焦急而自顧自地跌倒——

面對這種狀況百出的自己，她卻還是願意這麼說。

蒼太說不出半句話，只能默默凝視著燈里純真的笑容。

周遭喧鬧的人聲、從拜殿傳來的太鼓和笛子的樂聲，或是參拜時搖鈴的聲音，都完全傳不進自己的耳裡。

（啊……我果然……）

「要不要一起去抽籤呢？」

燈里伸手指向社務所的方向。

心不在焉的蒼太，甚至連自己是怎麼回應她的都不記得了。

被燈里拉著手的他，就這樣奔跑起來。

（我果然還是對妳……）

# memory 6 ～回憶6～

優牽著夏樹的手，來到位於神社後方的小山，踩著沒有燈光照明的石階往上走。

抵達山頂的瞭望台之後，略強的寒風夾雜著雪片吹來。

在夜色中發出絢爛光芒的街道無限向外延伸。為這樣的景色深深感動的夏樹，屏息凝視著眼前這片夜景。

「好漂亮喔！」

看見她轉頭笑著這麼對自己說，優以一句極其平淡的「就是說啊」回應。

「你也更感興趣一點嘛～！」

夏樹不滿地喊著，將雙手撐在扶手上，再次轉頭望向夜景。

其實，優滿腦子都煩惱著「該何時開口」的問題，根本什麼景象都沒有看在眼裡。

在前往瞭望台的路上，他一直都是這種狀態。

因為優的回應總是很平淡，所以夏樹也在途中沉默下來。

（我還真是不夠從容啊。）

向來都是這樣。

無論是被夏樹告白之前或是之後，他的內心總是滿溢著強烈的情感——

會把「為了準備大學入學考而念書」當成藉口，也是因為他不想讓夏樹看到這樣的自己。

「感覺好久沒有到這個瞭望台來了呢。大家以前明明經常在這裡玩呢。你還記得我們用紙箱做了祕密基地的事情嗎？」

夏樹看似很懷念地瞇起雙眼。

「對喔，好像有過這麼一回事。」

「我還跟你一起離家出走過嘛。那時候，我們也是躲在這裡的祕密基地裡頭。明明整晚沒有回家，我爸媽卻一點都不擔心喔。說是有你陪著的話，應該就沒問題了。很過分對不對？」

「作為妳的守護者，我深受伯父伯母的信賴呢。」

「當初，聽到我說這裡有鬼的時候，你馬上就露出一臉快哭的表情了耶。還把自己裹在棉被裡不肯出來。」

「那是妳才對吧？」

「是你吧。」

「是妳啦。」

從聊天變成鬥嘴的兩人，不禁望向彼此的臉。

然後一起笑出聲來。

曾經吵架。曾經一起歡笑。也曾經一起大哭。

今後，夏樹理所當然會繼續待在自己身旁，也會繼續喜歡自己——這是多麼自以為是又天真的想法啊。

不好好將心意傳達出去的話，珍貴的東西就會從自己的手中溜走。

因為不想分開，所以——

優將手探入外套口袋，確認裡頭那個小盒子的存在。

「夏……」

「優。」

夏樹像是有些遲疑似的緩緩垂下頭。

她的手緊揪著自己的裙子。

「你是不是覺得維持兒時玩伴的關係比較好？」

這句出人意表的發言，讓優說不出半句話，只能吃驚地望著夏樹。

沉默了好一陣子之後，他才終於擠出一句話。

「……為什麼？」

無法確認夏樹真心的不安感，讓他的心跳速度加劇。

「啊！沒……沒事，什麼都沒有。剛才那個不算數。忘了它吧！」

夏樹以僵硬的笑容慌忙回應。

「其他人好慢喔！」

「妳為什麼要問這種問題啊？」

「因為……跟我在一起的時候，你有時看起來不太自在啊。現在明明是你準備應考的重要時期，我怕自己會成為你的負擔……」

斷斷續續吐露出來的字句中，蘊含著夏樹不安的感受。

「我說啊……」

「如果覺得我太沉重，或是造成你的困擾的時候，你可以直接說出來沒關係喔！我會小心不要妨礙到你，也不用跟我約會無所謂。我會盡量不要說些任性的話……」

夏樹將手中的紙袋緊緊揣在懷中，然後用力閉上雙眼。

「聽我說啦！」

用有些強硬的語氣這麼要求後，夏樹才戰戰兢兢地抬起頭來。

優撩起惱人的瀏海，重重吐出一口氣。

「我怎麼可能會這麼想啊。我的心願好不容易達成了耶。」

看到夏樹困惑地「咦？」了一聲的反應，優心中不禁湧現一股焦躁。

「單戀時間比較長的人可是我喔！」

確實將這句話說出口之後，他看見夏樹的臉瞬間染上一片朱紅。

「騙人……真的嗎？你是認真的？」

「我是認真的！」

優拾起夏樹的手，將繫著紅色緞帶的小盒子放在不解的她的掌心。

「不然……誰會準備這種東西啊。」

他將她的手和小盒子一起包覆在自己的掌心裡。

「這是……」

「其實，我原本打算主動『告白』的……但被妳搶先了。所以……」

說著，優緩緩鬆開手。

夏樹小心翼翼地解開盒子上的緞帶，然後打開外蓋。

收納在裡頭的，是一組銀質對戒。

雖然造型風格偏向簡單俐落，但內側刻著兩人姓名的起始字母。

夏樹捧著盒子，就這樣凝視著對戒半晌，然後落下一滴眼淚。

優沒有說話，任憑夏樹朝自己走近一步，並撲進他的懷裡。

「……為什麼你會知道呢？」

她的聲音很輕，還微微顫抖著。

是妳太好懂了啦。優在心中喃喃回應。

造訪夏樹的房間時，房裡那本名為《戀愛參考書・最終版！》的雜誌中介紹了這組對

戒——最想從男朋友那裡收到的禮物第一名。

介紹對戒的頁面甚至還貼上了便利貼。

夏樹抬起頭來，斗大淚珠不停從她的雙眼滾落。

「我好想跟你更長時間待在一起、好想變成你心中更特別的存在……可是，我又好討厭這麼貪得無厭的自己……自顧自地焦急，然後又感到好難為情……我以為你一定厭倦我了。」

「我哪有厭倦妳啊。不過，妳端著蛋糕整個人撲過來的時候，我的確覺得有點扯就是了。」

在優這麼回應後，夏樹才終於破涕為笑。

「妳的臉都皺成一團啦。」

「因為……！」

「別老是讓人照顧妳嘛。」

用手替她擦拭被淚水沾濕的臉頰時，不知為何，夏樹轉而以吃驚的表情望向優。

「夏樹？」

「對了，我也有東西要給你呢。」

猛然回過神來的夏樹，從手裡的紙袋取出一條圍巾。

「對不起，我織得很糟糕。當初雖然有請美櫻教我，但還是織得不太順利。而且好像還太長了一點！」

夏樹害臊地緊緊握著手中的圍巾，又繼續往下說：

「之前，我跟你要了你的圍巾，所以……其實我原本想在聖誕節送給你。」

因為夏樹看起來壓根沒有鬆手的意思，優索性直接拿走那條圍巾，然後圍在脖子上。

「啊，優！」

「我會把它當成護身符。」

聽到優這句話，夏樹露出開心又燦爛的笑容，輕輕地點頭「嗯……」了一聲。

倚著瞭望台的扶手等了一段時間後，春輝和美櫻、燈里和蒼太陸陸續續踏著石階走上來。

「你們好慢喔～！結果我們沒能一起倒數耶。都已經是新的一年了。」

夏樹對之後抵達的四人喊道。

春輝笑著說了聲「抱歉」。

「啊……！」

發現優園在脖子上那條圍巾之後，美櫻望向夏樹。

後者害羞地笑了笑。

「為什麼選這邊當集合地點啊？」

最後現身的蒼太吐出一口氣，然後這麼詢問春輝。

「當然是為了看今年的第一個日出啊。」

「要從現在開始等喔？這樣會凍僵吧！」

「不要緊。我相信你做得到。」

「你做這種保證的根據在哪裡啊！喂，你根本在笑嘛，春輝！」

看著春輝和蒼太的你來我往，燈里和美櫻也不禁笑出來。

夏樹眺望著眼前熱鬧的景象，然後將臉蛋湊近優問道：

「優，你剛才許了什麼願望？」

「嗯……各式各樣啦。」

「我祈禱你能夠金榜題名、大家未來能夠一帆風順。」

還有——

「希望以後也能一直跟大家在一起。」

夏樹輕聲說道。兩人的手在背後悄悄牽起。

感受到優微微使力之後，夏樹伸出自己的手指，靜靜地和他十指交握。

然後，在內心對套在手指上的戒指這麼發誓。

我啊。

一定會變成優理想中的女朋友！

# 留堂老師

Text：香坂茉里

春天情侶
美櫻
春輝
LOVE
LOV
name.
Serizawa Haruki
芹澤春輝
生日／4月5日
牡羊座
血型／A型
隸屬於電影研究社。
對電影懷抱著高度熱忱，
總是為了完成夢想而
一股腦兒往前衝。
name.
Aida Miou
合田美櫻
生日／3月20日
雙魚座
血型／A型
美術社副社長。
個性內向，努力踏實。
雖然不太常跟男生說話，
但和春輝很聊得來。

# Memory 1 ~回憶1~

柔和的風從狹小的窗戶吹進國語準備室。

明智咲坐在辦公椅上，拿起一個擱置在桌上的立體魔術方塊。

讓相同顏色的小方塊全部移動到同一面——玩法簡單，同時卻也需要相當的技巧。

明智將已經有一半完成的魔術方塊打散，再喀嚓喀嚓地重新讓相同的色塊拼在一起。

開心的笑聲和奔跑的腳步聲從走廊上傳來。似乎還有學生留在學校裡。這些聲響遠去後，寂靜再次籠罩這一帶。

順利將最後一種顏色拼湊出來之後，他將魔術方塊放回桌上。

「喔，超厲害的～！」

彷彿再次傳入耳中的那個稚嫩嗓音，讓明智不禁嘴角上揚。

## memory 1 ～回憶1～

那是友人的弟弟芹澤春輝。

年幼時期的他有著十分不服輸的個性，總是什麼都想模仿，甚至不惜逞強。

把玩這個魔術方塊給他看的時候，春輝也露出一臉雙眼閃閃發亮的表情，並執拗地要求明智教他怎麼玩。

儘管有明智的指導，還是無法順利完成魔術方塊的春輝，玩到一半就放棄了。不過，他或許還是很在意這件事吧，有時仍會偷偷拿起魔術方塊，以極為認真的表情轉動。

明智常造訪這名友人的家，所以和春輝打交道的次數也不少。

或許是在被父母斥責之後，才肯乖乖去寫作業吧。明智回想起過去經常看到春輝頂著一張臭臉寫數學習題而向他搭話。

「會寫嗎？要不要我教你？」

就算這麼問，春輝也只會回以一樣的答覆。

「不用了，我自己寫。」

跟友人借漫畫來看，藉此打發了片刻的時間後，春輝就會捧著練習簿到他身旁坐下。

「開口跟我拜託的話，我可以教你一下喔。」

「我才不要咧！」

「是喔。那你就自己好好努力吧。」

之後，如果繼續不理不睬的話，春輝就會緊皺著眉頭，一臉快要哭出來的樣子。

到頭來，明智總是先屈服的那個人。接受他的指導而順利解題之後，春輝總是會露出相當開心的表情。

負責教導別人的工作，或許也不錯呢——

儘管湧現了這樣的想法，但那時的明智壓根沒想到自己真的會成為一名教職人員。

春輝進入自己任教的櫻丘高中就讀那天的光景，至今仍歷歷在目。

「咲哥！」

帶著滿面笑容奔向他的春輝，儘管體格和面容仍殘留著幾分幼時的神韻，卻已經是個不折不扣的高中生了。

「我們在學校裡就不是朋友嘍，你得稱呼我為老師才行。」

「就算你這麼說，我還是覺得有點彆扭嘛……」

看著春輝雙手抱胸、一臉困惑的模樣，他刻意重重嘆了一口氣。

「你一點都沒變耶，還是以前那個小鬼頭。」

「別說我啦，你的身高也一點都沒變吧，咲哥？」

說著，春輝伸出手比較他和明智的身高。

然後一臉得意地笑著表示「你看吧」。

「不不不，八公分的差距可是一道高牆喔。而且，不可以作弊。你的腳尖踮起來啦～」

輕輕拍了春輝的頭幾下之後，他以「都說我不是小鬼頭了啦。你真的很瞧不起人耶～」抗議，並露出孩子氣的眼神瞪著明智。

「我馬上就會追上你的身高！」

如此宣言之後，春輝便奔向在走廊上等待他的朋友身邊。

回過神來，明智發現春輝已經和當年的自己以及他的哥哥同樣是個高中生了。時光流逝的速度實在快到驚人。

又或許，這只是自己停下腳步的緣故。

一直駐足在相同的地方——

凝視著春輝的背影，明智憶起胸口那陣已經遺忘的痛楚。

之後的三年，明智成了春輝的班導，還擔任他所成立的電影研究社的顧問老師。

看著春輝畢業之後，明智也時常湧現這樣的想法——

那時的他們，是否有好好面對彼此呢？

「那傢伙現在應該也滿腦子都是電影的事吧。」

高中畢業後，春輝為了學習電影製作而前往國外留學。

雖然不曾捎來聯絡，但他應該過得很充實。

窗外的天空染上一片黃昏的色彩。

現在已是傍晚六點。學校裡響起催促學生返家的廣播，運動社團的學生們也開始收拾東西。

一如往常的光景。

自己還是個學生的時候、春輝還就讀這所學校的時候，以及現在，這樣的景象都不曾改變。

以手托腮眺望著外頭學生的身影時，一陣敲門聲傳來。

「請進。」

這麼回應後，準備室大門被人小心翼翼地打開。原本以為是學生，但踏進來的卻是一名身穿套裝的年輕女性。明智不禁吃驚地凝視對方片刻。這是完全出乎他預料的訪客。

「明智老師！」

「合田……？」

「是的，好久不見了。」

合田美櫻——這名自己過去的學生在關上門之後，客氣地向他輕輕鞠躬。

「妳過得好嗎？」

雖然覺得有點老套，但他仍這樣問候她。美櫻回以「是的」，並露出開朗的笑容。

拉開椅子邀請美櫻坐下後，明智望向辦公桌的周遭。

不巧的是，電熱水瓶裡頭沒有半滴水。

明智拉開辦公桌抽屜，但也找不到能用來招待客人的茶點。

現在手邊還有的東西，頂多就是白袍口袋裡常備的棒棒糖了。

「要吃嗎？」

「謝謝。那我就不客氣了。」

將櫻桃口味的棒棒糖遞給美櫻後，她輕笑一聲在椅子上坐下。

「老師，你現在也會隨身帶棒棒糖呀。」

「不然我會覺得口袋裡頭空蕩蕩的呢。畢竟學校裡禁菸啊。」

「看到你還是像以前那樣披著白袍，有種令人很放心的感覺喲。只要看一眼，就能認出來『啊，是明智老師』這樣。」

「啊～……妳說這個啊。」

「你為什麼老是披著白袍啊？」

「這是我的興趣。」

「什麼跟什麼啊……你好怪喔！」

「老師？」

因懷念而不自覺浮現笑意後，美櫻的輕呼聲傳入耳中。

明智將片刻間沉浸在過去裡頭的意識拉回現實。

# 留堂老師

## memory 1　～回憶1～

「妳現在大四了是嗎？」

還就讀高中的時候，美櫻是個身材嬌小、個性文靜的學生。

而現在，穩重的態度和淡淡的妝容，讓她散發出成熟女性的氣質。

「從下星期開始，我就要以實習老師的身分來櫻丘高中任教了，所以先來打聲招呼。」

「噢……這麼說來，副校長（禿子）好像在朝會時講了什麼。」

明智有一半的時間都在打瞌睡，所以沒有聽到完整的內容。

他在堆積如山、感覺隨時都會倒塌下來的書面資料堆裡翻找了幾下，抽出一張表格。

記載著實習老師名單的這張表格裡頭，確實有著「合田美櫻」的名字。

而且，她負責指導的班級，還正好是自己擔任班導的那一班。

「我記得妳的志願是當一名老師嘛。目標是高中老師嗎？」

「我還沒有決定，但可以的話……我希望能當高中老師。」

美櫻穩重的說話方式，仍和高中時期沒有什麼兩樣，不過，現在說話的嗓音，感覺比以前更清晰而有自信。

（合田要當老師……是嗎？）

就讀高中的時候，美櫻雖然不是明智班上的學生，但因為她跟春輝的感情很好，所以和明智交談的機會也連帶變多。老實說，美櫻當年會前來找自己商量畢業後的出路，讓明智相當意外。

因為，在他的印象中，美櫻是個內向、不擅長在人前發言的女孩子。

然而，道出「我想當老師」這個決定時，她的眼中看不到半點迷惘。

這或許就是美櫻在高中三年間找到的「解答」吧。

「妳有跟那傢伙聯絡嗎？」

「他時常傳自己拍攝的短片給我。有時是旅行地的風景、有時是夜景……還有跟學校的朋友一起拍攝的內容，看起來很開心的樣子。看到這些短片，就會讓我覺得『他很努力呢』，因此受到鼓舞。」

就算分隔兩地，應該也有很多種能夠直接聯繫對方的手段才對。

選擇「傳送短片」這種單方面給予訊息的方式，他不乾脆的作風真是一點都沒變。

又或者是因為看到對方的臉、聽見對方的聲音，就可能讓自己產生動搖？

「很像那傢伙的作風。」

聽到明智這麼說，美櫻帶著溫柔的笑容表示「是的」。

# 留堂老師

## memory 1 ～回憶1～

「妳現在還有跟榎本、早坂她們見面嗎？」

當年，榎本夏樹、早坂燈里和美櫻同樣隸屬於美術社，三人的感情十分融洽。

「小夏和燈里現在都過得很好。暑假的時候，我們幾個好朋友有一起聚聚。瀨戶口同學跟望月同學也有露臉。跟他們說我要來櫻丘高中當實習老師之後，大家都說很懷念呢。還相約下次要一起回來看看明智老師。」

「咦~？不用來也沒關係啊。畢業之後，就不要再回頭，只要看著前方就夠了！學校就是這樣的地方。」

「……老師這種職業，會讓人的心情變得有點不可思議呢。」

「嗯？」

「明明已經畢業了，卻又好像沒有畢業……彷彿只有自己在學校裡留堂一樣。」

美櫻的眸子隱約浮現悲傷。

是因為看著遠處的那雙眼睛，正在緬懷自己當年的高中生活嗎？

彷彿只有自己在學校裡留堂一樣——

真的完全就是這樣呢。

學生的臉孔一屆屆地更替，身為教師的自己卻完全沒有改變。有時，甚至會讓人覺得自己好像孤伶伶地被時光遺留在原地了。

「老師，你為什麼會想當老師呢？」

美櫻突然道出的疑問，聽起來恍如和春輝的聲音重疊在一起。

「咲哥，你為什麼會想當老師？」

在收到電影比賽的最終審查結果後，春輝曾在學校的頂樓向他問過同樣的問題。那時，他沒能馬上回答出來。

為什麼——

過了最後放學時間的現在，學校裡已經看不到其他學生的身影。套著皮鞋的腳每踩在地上一步，就會發出格外響亮的聲音。

## 留堂老師
## memory 1 ～回憶1～

結束巡視教室的工作後，明智拎著一串鑰匙踩著階梯向上。

確認視聽教室的門把後，他發現這扇門沒鎖。

於是，明智打開教室大門，將手伸向牆上的電燈開關。

螢光燈管閃爍了幾下，為室內灑落明亮的光芒。

出現在裡頭的，只有像電影院那樣對著大螢幕呈階梯狀排列的桌椅而已。

明智緩緩走向位於正中央的位子，坐下來茫然回憶過去。

那應該是春輝等人在迎接高三文化祭的幾天前吧——

巡視教室時，他發現學生們都埋首進行著班級活動攤位的準備工作。

不過，負責給予指示的中心人物春輝卻不見蹤影。其他人因為不知該怎麼進行下一步準備工作，正在七嘴八舌地議論著。

「那傢伙八成又跑去那裡了吧……」

內心已經猜到七八分的明智來到視聽教室。一如他所料，教室大門沒有上鎖。

打開大門後，略為模糊的光影和聲音洩漏到走廊上。

顯示在正面大螢幕上的，是合田美櫻和其他學生一起享用便當的光景。

或許沒發現自己成了鏡頭下的人物吧，她帶著極其自然的笑容開心和友人有說有笑。

摻雜著雜訊的嗓音，斷斷續續地從音響傳來。

春輝坐在視聽教室的正中央，以帶著熱度的眼神望向畫面。

待影片噗滋一聲結束後，他仍盯著已經空無一物的螢幕，彷彿沉浸在餘韻當中。

「喂，你竟然躲在這裡偷懶啊～？」

這麼出聲之後，春輝的肩膀瞬間抽動了一下。

他似乎完全沒發現教室門被打開，以及有人入內一事。

「咲哥……！」

春輝猛地起身，匆忙將投影機的電源關閉。

螢幕上明明已經沒有任何東西了。

「我不是跟你說過好幾次了嗎？不要擅自跑進來使用視聽教室。要確實跟顧問申請才可以～否則會被罵的人可是我耶。」

明智將手伸向牆上的電燈開關，下一刻，室內便被螢光燈管的白色光芒籠罩。

「你是什麼時候進來的？」

春輝驚慌失措地踏上鋪著地毯的走道，朝著明智走來。

「嗯～大概是從某人鑑賞合田同學的偷拍影片的時候吧。」

「這只是偶然拍到的啦，所以我才想看一下……」

「話雖如此，但我覺得合田被拍到的角度跟距離倒是挺完美的耶。」

這麼追究之後，春輝臉上浮現了一片很好懂的緋紅。

明智輕笑了幾聲，然後望向螢幕。

「……你有好好跟她說了嗎？」

這麼問之後，春輝以一句「說什麼？」反問。

「跟合田說你要去留學的事。」

從春輝沒有回答的反應看來，他想必是說不出口吧。

「你打算什麼都不跟她說，就這樣一直到畢業？」

「她一定已經知道了啦……八成聽夏樹說過了。」

春輝的嗓音聽起來很無力，也像是在為自己找藉口。

明智有些無奈地將身體倚上桌子。

「不是這種問題吧？」

「這跟你沒關係吧，咲哥。」

語畢，春輝打算離開，卻被明智一把拉住手臂攔下。

「好好指導學生，可是身為老師的我的工作呢。」

「老師就這麼偉大嗎？」

春輝甩開他的手，臉上露出嘲諷的笑容。

「嗯，至少比你偉大啊。因為我已經是大人了。」

「你哪裡像大人了啊。明明一天到晚在吃棒棒糖。」

「春輝。不要因為無法得出結論，就把問題延後處理。」

看到明智一臉認真地說出這句話，春輝皺起眉頭。

他一定覺得很煩躁吧。雖然明白對方的感受，明智仍繼續往下說。

「如果只是一味逃避，不去正視問題，它留在腦海裡的時間可會遠比你想像的久喔。」

「那麼，你就沒有逃避，而正視自己的問題了嗎，咲哥？」

春輝瞪視著明智這麼反問。

後者微微垂下眼簾，以「這個嘛……」含糊帶過。

「到底有沒有呢……」

在這句像是自言自語的獨白後，他再次望向春輝。

「你可別逃避喔。要好好得出結論再畢業。要是給自己留下這道習題，就會無法往前進了。」

等到能面對的那個人不在，一切就太遲了。

「你能面對的那個人，現在不就在自己身邊嗎？」

春輝板著臉望向地面。

不知道沉默了多久之後，春輝再次抬起視線，以彷彿走投無路的嗓音開口：

「我很珍惜那傢伙。」

感覺像是不小心洩漏出心聲那樣的細微音量。

春輝這樣的情感可說是極其明顯。為何沒能傳達給對方，實在令人費解。

兩人的心意明明都是如此的顯而易見，卻——

「我不想離開她。明明連對方的手都沒有勇氣牽起，還抱持著這樣的想法，真的很我行我素呢。我明明沒有權利為了自己的利益，或是基於自己的感情，而去束縛美櫻啊。」

春輝咬著下唇，雙手也緊緊握拳。眉頭的皺紋變得比方才更深了。

「我知道自己必須離開她才行，也明白自己沒有除此之外的選擇。可是，一旦離開了，我有可能再也無法回到她的身邊。這樣一想，我就覺得好害怕。」

愈是珍惜，不想失去對方的想法就會越發強烈。

然而，不得不割捨這段感情時，到底怎麼做才是「正確答案」？

到底怎麼做才不會後悔——

為了相同問題而苦惱不已的高中時期的自己，在腦中一閃而過。

「嗳，老師。我該怎麼做才好？」

看著以筆直的視線望著自己提問的春輝，明智無語。

至今，春輝原本一直稱呼他為「咲哥」。

在提出他最不想回答的問題時，偏偏改口稱呼他為「老師」。

如果答得出來的話，他就不會是「留堂老師」了吧。

「我完全搞不懂了。自己的心情，還有那傢伙的心情。東想西想了一堆之後，感覺腦子裡亂七八糟的……」

春輝以手掩面，用顫抖的嗓音說完這句話。

如果像考試那樣，正確答案只有一種，那該有多輕鬆呢。

明智這麼想著，望向天花板微微吐出一口氣。

隨後，他再次將視線移回春輝身上，輕輕將手放在他的頭上。

「這是只能由你自己想出答案的問題喔。我的答案並無法代表你的答案，對吧？」

「……」

「再說，你也已經不是個小鬼頭了。現在的你，應該能找到正確答案才對。」

「……你明明就一直把我當成小鬼頭看待。」

看著有些不滿地咕噥著的春輝，明智瞇起雙眼笑道：

「那我給你一點提示好了。別總是獨自煩惱！這個世上也有必須跟他人討論過後，才會出現的答案呢。」

老實說，得知春輝進入櫻丘高中就讀、又剛好被分發到自己負責的班級，讓明智覺得十分提不起勁。

因為，成長為高中生的春輝，和他的哥哥實在太像了。

身邊總是圍繞著很多人，總是讓他人展露笑容。
這樣的春輝哥哥讓明智憧憬不已。他的目光總會不自覺地追隨那個身影。
即使在他離開之後。
仍糾纏在胸口的「扭曲的情感」——
無法化解的這份情感，仍被他深埋在心中。

看著春輝和他的友人的身影，就好像是在看著自己和他的哥哥似的。
那時，他們一起正視自身所面對的問題、一起煩惱、然後一起度過難關。
擁有能和自己共同成長、無人足以取代的伙伴，是多麼令人喜悅——
想起這一點的時候，明智覺得自己才終於察覺到一件事。
有一種「正確答案」，是必須和別人一起尋找的。
他和春輝哥哥之間未解決的習題，或許也是這一類的吧。
光靠他一個人，已經無法解決這樣的問題了。
今後，讓這道習題繼續維持未解決的狀態也無所謂。明智認為這就是他的「正確答案」。

就算停下腳步，過去的日子也不會回來。

再怎麼後悔，人生也無法重來。

時間不會停止，只會持續不斷地流逝。

所以，他也必須往前進才行了。

為了不讓「現在」的自己後悔。

作為一名教師、班導和社團顧問，他必須讓眼前的春輝等人以不留下一絲遺憾的狀態踏出學校。

他打從內心認為這是「留堂老師」的義務，也是自己選擇的道路。

胸口深處那股沉重的痛楚並沒有消失。

這輩子想必也不會消失了吧。

並非是想要遺忘。

他會懷抱著這樣的痛楚，和學生們一起朝向未來走下去。

明智感覺自己似乎已經稍微下定這樣的決心了——

# memory 2 ～回憶2～

教育實習的第五天，在美術社顧問松川老師的請託之下，美櫻來到美術室露臉。裡頭的社員正在製作體育祭使用的看板。

為了避免弄髒身上的衣服，松川老師借了美櫻一套學校的運動服。似乎是畢業生忘在這裡的東西。換上運動服之後，聽到學生們說「美櫻老師好像真的學生一樣呢」，美櫻不禁感到有點害羞。

會真的湧現有如重回高中時代的錯覺，是因為學校裡的氛圍，以及學生們開心的模樣，都和自己就讀高中那時一模一樣嗎？

她和學生們一起為放在地板上的大型看板塗上廣告顏料。

這麼做的同時，她彷彿能看見夏樹和燈里以一如往昔的笑容呼喚她的身影。

「美櫻老師。妳是我們學校的畢業生，而且之前也是美術社的成員對嗎？」

一名女學生社員一邊動筆一邊這麼問道。

「嗯。我以前也跟你們一樣，會在學校留到好晚呢～」

過去那段時光，讓美櫻覺得每天都過得好開心。一邊準備展覽用的作品，一邊和友人閒聊，然後在學校留到很晚。愈是開心的時光，感覺愈會在轉眼間消逝。

「老師還待在美術社的時候，聽說我們社團是展覽比賽的常勝軍呢，這是真的嗎？」

「那時的作品應該都還留著吧。或許美櫻老師的畫作也在裡頭？」

聽到學生的發言，美櫻「咦？」了一聲而停筆。

「我也想看美櫻老師的作品！」

「老師，來這邊！」

在學生催促下，美櫻起身和他們一起來到隔壁的美術準備教室。

教室深處有個蓋上一層布的櫃子。學生從裡頭搬出一張張的畫作。

「啊，這張畫……」

擱在地板上的其中一幅作品，自然而然地吸引了美櫻的視線。

那是她為了高中生涯最後一次的展覽會，而動筆完成的作品。

畢業後，雖然身為顧問的松川老師曾聯絡過她，但美櫻總是以各種藉口搪塞，一直沒有前來取回這幅作品。

或許，她是想把它留在這間學校裡吧。

被遺忘的東西——

「這是在展覽比賽上得過獎的作品吧？松川老師有說過呢。」

「美櫻老師。妳還在念高中的時候，是個什麼樣的學生呢？」

「那時有喜歡的人嗎？」

圍在自己身邊的學生七嘴八舌地提問，讓美櫻一時說不出話來。

看到她臉紅的反應，學生們興奮地再次問道：

「原來有嗎！」

「算是……有吧。」

無法含糊帶過的她縮起身子，以宛如蚊子叫的音量回答。

「你們有交往嗎？」

「怎麼會呢，我們沒有交往。」

在美櫻慌忙揮手否認之後，雙眼閃閃發亮的學生們又繼續追問「對方是個什麼樣的人」。

感到有些困惑的美櫻將視線移向遠方。

是個什麼樣的人啊——

不可思議的是，那段記憶從未褪色。是因為自己總是再三地、反覆地回想的緣故嗎？

「他是個……會朝著夢想勇敢邁進的人。」

美櫻感受著在胸口重新復甦的那股熱度，帶著微笑這麼回答。

現在的他，想必也是如此吧——

學生離開後，美櫻獨自在美術準備室裡收拾道具。這時，松川老師過來了。現在的松川老師，跟美櫻還是美術社社員時的感覺沒什麼兩樣。有著果斷俐落的一面，十分可靠的她，同時也是讓美櫻下定決心成為教師的關鍵人物。

「真抱歉，合田，讓妳幫忙到這麼晚。妳幫了很大的忙喔。」

「不會，老師。那個……」

「嗯？什麼事？」

「謝謝妳一直幫我保管作品。」

「啊～妳說那幅畫呀。」

松川老師恍然大悟地回應。

「妳現在還有繼續在畫畫嗎？」

「是的。也有繼續去里民服務中心的繪畫教室當小老師。」

「我有聽說呢。妳的熱心付出，幫了他們很大的忙喔。」

「真是這樣就好了。」

笑著這麼回答後，松川老師輕輕拍了拍她的背。美櫻覺得自己收到了她無語的鼓勵。

「弄到這麼晚，妳回去會不會不方便？我送妳一程吧？」

「不要緊。我再收拾一下就回去。」

於是，松川老師說了句「我把鑰匙放在這裡喔」，便把鑰匙擱在櫃子上。

「辛苦了。」

美櫻這麼回應，目送老師把大門帶上。

為了將水桶和調色盤歸位，美櫻蹲下來打開櫃子最下方的門。

然後發現裡頭堆放著幾本素描本。

那是她和燈里、夏樹一起買的素描本。似乎沒有被扔掉而好好地保存在這裡。

她抽出其中一本，發現內頁有著「合田美櫻」的名字。

美櫻拉過一張小椅子，坐下來開始翻頁。

填滿了練習用素描本內頁的，是夏樹、燈里的肖像畫，以及她從美術室看到的風景。

美櫻將素描本放在工作桌上，以手托腮，細細地品味每一頁。

讓翻頁的手停下動作的是——

有著春輝笑容的那一頁。

以鉛筆再三描繪出來的厚重線條。

美櫻瞇起雙眼，以指尖輕撫過紙面。

這裡滿溢著當年自己的情感。

# memory 3 ～回憶3～

高三那年的文化祭，美櫻等人的班級決定推出基本款的「女僕咖啡廳」。

繡著粉紅蕾絲邊的女僕裝，由班上的全體女同學花了一個星期親手縫製而成。

雖然造形設計很可愛，但穿上之後，美櫻發現裙子比原本的制服裙還短三公分左右，讓她有些坐立不安。

在決定女僕服務生的人選時，她被班上同學推舉出來。

儘管不擅長引人注目的情況，但這是高中生涯最後一次文化祭了。

班上的同學們都鼓足了幹勁，所以她也想一起打造這段回憶。

不過，像這樣試穿女僕裝，果然還是讓她感到萬分難為情，幾乎想躲到窗簾後頭。

自己跟春輝不同班，或許算是唯一的救贖了吧。

要是被他看見這身打扮，她真不知道該用什麼樣的表情去面對春輝。

「美櫻，妳在嗎？」

衝進教室裡的夏樹，在看到換上女僕裝的美櫻之後，瞬間雙眼發亮。

「果然很可愛耶！和大家推薦妳是正確的！」

「小夏，妳這樣會讓我很害羞……」

美櫻壓低音量回應。在夏樹大喊之後，其他學生的目光也跟著集中過來。

「有讓春輝看過了嗎？」

「我……我怎麼可能去給他看呢！」

感覺光是想像，就足以讓人心跳加速。美櫻連忙搖了搖頭。

「這樣很可惜耶！難得有這種機會，快點，我們走吧！」

夏樹拉著美櫻，半強迫地將她帶離教室。

「等等，小夏。真的不用了啦，我……」

「沒問題的！春輝絕對會大吃一驚。」

美櫻只好任憑夏樹拉著她的手，在走廊上朝前方奔跑。

看到春輝正在跟優認真討論事情的身影，差點站不穩的美櫻停下腳步。

「優、春輝～！」

在夏樹舉起手呼喚後，美櫻連忙躲到她身後，但恐怕還是被轉過頭來的兩人看到了吧。

「嗨，夏……」

舉起手回應的春輝沒能把話說完。美櫻完全不敢確認他的反應。

感覺臉頰彷彿有火在燒的她，不禁以雙手掩面垂下頭來。

「夏樹，妳不是去幫忙班上餐飲店的準備工作了嗎？」

她聽到優這麼詢問夏樹。

「我聽其他人說美櫻很可愛，所以當然得過去欣賞一下嘍。真好～我也想穿這種女僕裝呢。」

「既然這樣，妳一開始投咖啡廳就好了嘛。在決定班級活動時，妳為什麼要率先投餐飲店一票啊？」

「咦！因為你說想賣拉麵，所以我以為你也想弄餐飲店啊。」

「我說啊……我是喜歡吃拉麵沒錯，但我可沒說自己喜歡煮拉麵耶。」

「是喔？早知道我就投咖啡廳一票了。這樣就能跟美櫻一起穿女僕裝了啊！」

夏樹和優的對話接二連三傳入耳中，一旁的春輝一直默不吭聲。

儘管很在意他的反應，卻沒有勇氣抬起頭來。

「比起這種事情，合田現在很困擾耶。」

「啊，對喔！美櫻，來！」

夏樹繞到美櫻的身後，揪住她的雙肩，將她推上前。

「小……小夏！」

美櫻慌張地轉頭望向她。

「好啦，春輝。你應該有什麼話想說吧？」

美櫻戰戰兢兢地抬起頭。下一瞬間，她和春輝四目相接，又同時別過臉去。

（怎麼辦……）

自己的心跳聲變得格外清晰。

「走嘍，夏樹。餐飲店的準備工作還沒結束呢。」

「啊，說得也是呢。晚點見嘍，美櫻！」

夏樹被優拉著離開之後，原地只剩下她和春輝兩人。

雖然想說些什麼，腦中卻是徹底的一片空白。

「那……那我也要回班上去了。」

終於擠出這句話之後，仍望著其他方向的春輝以一句「說得也是」回應。

能夠像這樣見面的日子，也只剩下半年左右了。

然而，兩人之間不自在的氣氛卻與日俱增。

所剩時間不多了——因此萌生的焦躁感越發強烈。

倘若繼續讓這樣的日子過去，將來一定會後悔——

儘管焦心不已，她仍選擇轉身離開。

文化祭第二天的中午，美櫻和夏樹一起待在美術室裡。

輕音社的音樂、餐飲店招呼客人的吶喊，以及學生們喧鬧的聲音，從敞開的窗戶若有似無地傳入室內。

夏樹正一臉認真地以兩根棒針打著毛線。

「啊～！我又弄錯針數了！」

夏樹這麼喊道，並在嘆了一口氣之後，無力地將額頭貼在桌面上。

「加油喲，小夏。」

以色鉛筆在素描本上揮灑色彩的美櫻沒有停筆，從旁出聲鼓勵她。

「我沒辦法織得像妳那麼順利呢。照這種進度看來，絕對無法在聖誕節之前完成的啦！」

夏樹再次將耗費心力織好的半成品拆掉。

從剛才開始，她就一直重複著織了又拆、拆了又織的動作，看起來似乎完全沒有進展。

「如果格子花紋太難，要不要改織單色的試試看呢？」

「唔～可是我覺得格子花紋會很適合優呢……果然還是格子的好。我再繼續努力看看！」

看到夏樹再次開始埋頭打毛線，美櫻也將視線移回手邊的素描本上。

隨後，打開門走進來的燈里露出疑惑的表情。

「小夏，妳怎麼沒有跟瀨戶口同學一起吃午餐呀？」

「優應該正和春輝他們在逛文化祭的餐飲店吧。因為我跟他說我暫時會跟妳們一起吃午餐。」

燈里拎著便當在夏樹身旁坐下。

她的視線落在夏樹織的那條圍巾上。

「那是要送給瀨戶口同學的圍巾嗎？」

「對啊。可是我實在很不會織，所以就趁午休時間找美櫻教我。」

為了避免再次出錯，夏樹一邊動著針棒，一邊出聲清點針數。

「如果帶回家然後被虎太朗看到，他又會湊過來說些有的沒的。」

或許是想起虎太朗的嘴臉了吧，夏樹邊說邊不滿地嘟起嘴。

「你們聖誕節會兩個人一起過吧？」

「咦？妳說我跟優嗎？」

夏樹愣愣地反問，好像腦中未曾有過這樣的想法似的。

「不會嗎？你們好不容易開始交往了呢。」

看著燈里不解的模樣，夏樹露出仍有些猶豫的表情說明。

「可以的話……我是很想跟他兩個人一起過啦。可是，連我都跟優一起出門的話，家裡就會只剩下雛跟虎太朗了。雖然我覺得虎太朗會很樂啦。」

夏樹和優比鄰而居。因此，他們經常以一整家人為單位交流往來。

在去年聖誕節，兩家的父母相約出門，所以是他們夏樹姊弟和優兄妹四個人一起度過。

「這樣啊～感覺有難度呢。」

打開便當的燈里道出感想。

夏樹停下織毛線的動作，以開朗的聲音再次開口。

「啊，可是啊！因為優今年要準備大學入學考，所以沒有太多的空閒。為了多少擠出能讓我們獨處的時間，我已經安排好計畫了呢。」

夏樹似乎買了好幾本有聖誕節特企專欄的雜誌。

在休息時間，她經常帶著興致勃勃的表情翻閱那些雜誌。

（小夏看起來好幸福呢……）

終於鼓起勇氣告白，並一如所願地和對方成為男女朋友。沒有不開心的道理。

不過，這是夏樹本人努力爭取來的成果。

相較之下，自己卻總是猶豫不前。

「對了，美櫻。想換毛線的顏色時，要怎麼做啊？」

聽到話題帶到自己身上，美櫻起身向夏樹說明。

「啊，要換顏色的話，就把不同色的毛線拉過來……然後把剪斷的地方綁起來，最後再來處理。」

「原來是這樣。謝謝妳，美櫻！」

看著夏樹以不熟練的動作再次開始織圍巾時，一旁的燈里對她丟出「那妳不打算送嗎，美櫻？」的問題。

「妳不是也織了一條圍巾？」

「那個是……」

被夏樹央求教她織圍巾的時候，美櫻自己也連帶織了一條。

像夏樹和優那樣已經開始交往的情侶也就算了，要連告白都做不到的她送對方聖誕禮物，實在令人猶豫。

更何況——

「我有其他想送的東西。」

「這樣啊。」

「燈里，妳聖誕節有什麼計畫嗎？」

聽到美櫻這麼問，夏樹也停下打毛線的動作，嚷嚷著「就是啊！」而加入對話。

「望太有沒有約妳？」

聽到夏樹嘴裡迸出蒼太的名字，燈里瞬間安靜下來。

接著，她帶著害羞的笑容答道：

「他沒有約我啦。」

「望太……他在搞什麼啊。」

夏樹有些焦躁地嘟囔，接著猛地抬起頭來。

「該不會已經有其他人約妳了吧！」

「沒有。我應該會跟家人一起過吧。因為也沒有其他計畫呢。」

「家族派對啊……雖然我家也是這樣就是了。不過，說得也是喔。因為你們家的感情很好嘛。美櫻，妳也會跟家人一起過嗎？」

被夏樹這麼問，美櫻點點頭回以「嗯」。

# 留堂老師

## memory 3 ～回憶3～

「不過……能跟重要的人一起過的聖誕節，聽起來好棒呢。」

「美櫻。」

「美櫻……」

被兩人的視線關切，美櫻只能以笑容含糊帶過。

儘管沒有勇氣告白，但她希望至少能製造一段回憶。

和春輝之間的回憶——

春輝和蒼太坐在教室窗邊的座位上交談。

他們或許是在確認電影研究社拍攝的那部電影的進度吧。

感受著身後的同學像是在看好戲的視線，美櫻踏著緊張的步伐，替兩人送上開水。

「歡迎光臨，望月同學、春輝。」

她以僵硬的動作在兩人面前放下紙杯後，蒼太轉過頭來。

「合田同學，妳這身打扮很好看呢！」

「是……是這樣嗎？」

「嗯，非常適合妳喔。對吧，春輝？」

被蒼太這麼問，春輝將視線從進度表上移開。

他露出一臉五味雜陳的表情。

「望太，我現在覺得我們之間有一道無法跨越的高牆呢。」

「咦？噢……合田同學，春輝也覺得很……嗚咕！」

春輝慌張地起身，迅速以手掩住蒼太的嘴巴。

美櫻嚇了一跳，隨後發現春輝以僵硬的表情望著她。

「美櫻，給我一杯咖啡！望太，你喝咖啡可以吧？」

「可……可以，一切都照您所說的。」

或許是被春輝的魄力震懾住了吧，不知為何，蒼太以敬語回應他。

春輝喀噠一聲拉開椅子，再次坐回桌前。

「對了，聽說你們有供應車站附近那間蛋糕店的蛋糕？」

蒼太看著桌上的菜單問道。

「因為燈里的要求，我們有在菜單裡加入舒芙蕾和巧克力蛋糕。」

光是聽到燈里的名字，蒼太的眼神便透露出熱度。

「那再給我一個舒芙蕾。」

美櫻將寫著點單內容的便條紙塞入口袋裡，捧著托盤準備轉身離去。

這時，蒼太的一聲「對了，合田同學……」讓她停下腳步。

「呃……早坂同學她……」

蒼太一邊搔著臉頰，一邊支支吾吾地開口。

「有沒有跟妳聊過……她的聖誕節計畫……之類的？」

（啊……原來如此！）

美櫻微笑著答道：

「燈里說她那天晚上會跟家人一起過。除此以外，好像就沒有安排其他計畫了喲。」

聽到她這麼說，蒼太看似很開心地喊了一聲「好」，並小小做出雙手握拳的勝利姿勢。

（望月同學很努力呢。）

她悄悄望向春輝，發現他正以手托腮。

他認真看著手邊的進度表的側臉，讓美櫻一瞬間陷入迷惘。

可以主動開口約他嗎？

告訴他，自己想跟他一起逛文化祭的攤位。

她知道電影研究社有很多事情要忙，而且春輝也得參與班上企劃的活動。

只要一點點時間就夠了。她不會要求更多。

（這樣會不會讓他困擾？）

可是，這是高中三年的最後一次文化祭了。

「那個……！」

「望太。」

春輝同時抬起頭呼喚蒼太。也因此，美櫻沒能繼續說下去。

「為了在文化祭結束後馬上進行作業，之後得和優調整……」

美櫻錯失了離開的時機，而春輝中斷討論而轉頭望向她。

「怎麼了嗎，美櫻？」

「沒什麼……我很期待你的電影喲，春輝。」

她朝瞬間露出感到不可思議的表情的春輝微笑，接著便快步離開現場。

在接待客人的途中，美櫻悄悄溜到走廊上。

「美櫻！」

擔任餐飲店店員的夏樹朝她跑過來。看來現在是她的休息時間。

「小夏……」

或許是察覺到她回應的嗓音不太有精神吧。趕來身邊的夏樹露出擔憂的表情。

「發生什麼事了嗎？該不會是把客人的餐點搞錯了？這種事很常發生呢～我也……」

看她重重嘆一口氣的模樣，或許是回想起在餐飲店出錯的事情了吧。

不過，夏樹隨即重新打起精神，以開朗的表情再次開口。

「不要緊的。既然都已經犯錯了，那也沒辦法啊。還是說……妳被討厭的客人纏上了？」

「不是這樣的。」

美櫻揮揮手否認。

「是喔？可是妳看起來沒什麼精神耶。」

「嗯……我只是覺得想普通交談，還真是困難的事情呢。」

「春輝對妳說了什麼嗎？」

夏樹以鎮定的嗓音問道，表情也變得嚴肅起來。

「或許就是因為他什麼都沒說，我才會覺得寂寞吧？」

這麼回答之後，美櫻露出虛弱的笑容。

「謝謝妳，小夏。跟妳說出口之後，我好像比較舒坦了。」

「美櫻……對了！明天就是最一天了，我們一起去挑戰鬼屋吧？」

夏樹以一如往常的笑容和活潑語氣提議。

「妳不是要跟瀨戶口同學一起逛嗎？」

「沒關係、沒關係！優滿腦子都是社團的事情，跟春輝簡直沒兩樣呢。燈里明天好像還有執行委員會的工作要處理，所以我們倆一起逛吧。」

「嗯。」

隨後，夏樹揮手向她表示「那我回去嘍」，便離開了現場。

看著她的身影消失在視野之中，美櫻緩緩吐出一口氣。

「我也得加油才行。」

文化祭還剩下明天一天。她這麼想著，抬起頭往教室走去。

## memory 3 ～回憶3～

文化祭第三天。應夏樹的邀約，美櫻踏入了鬼屋內部。

這是夏樹的弟弟虎太朗，以及優的妹妹雛隸屬的班級推出的活動。

因為她是趁班上的咖啡廳輪班休息的時間過來的，所以沒時間換衣服，身上仍是一襲女僕裝。

這是高一生在升上高中後的第一個文化祭。或許是因為這個原因，他們策劃、準備都相當用心。

在一片黑暗的室內，尖叫聲此起彼落。

以黑色布幔隔出來的細小通道，再加上驚悚的配樂，完美營造出鬼屋嚇人的氣氛。

「小……小夏？」

美櫻環顧視線極差的周遭環境，並開口輕喚，但無人回應她。剛才，扮演成幽靈的工作人員冷不防地從井中竄出來嚇唬她們。被嚇得高聲尖叫後，夏樹就不見人影了。

也就是說，現在美櫻獨自被留在這片黑暗之中。

（怎麼辦呢……）

只要走到終點，應該就能跟夏樹會合了吧。

不過，她有辦法自己抵達出口嗎？

在這片極度詭異的氣氛籠罩之下，美櫻遲遲無法踏出腳步。

她戰戰兢兢地觀望著四周，這時，突然有人揪住了她的肩膀。

「呀啊啊啊～！」

嚇得尖叫出聲的美櫻原本想拔腿就跑，揪著肩頭的那隻手卻一個勁將她往後拉。

她感覺自己向後倒在某人的胸口前。

「是我啦，美櫻。妳冷靜一點。」

聽到這個聲音，美櫻含著淚水緩緩轉過頭。

「……春輝？」

出現在眼前的，是手上握著手機的春輝。

因為手機的光亮，他們勉強能看清彼此的臉。

看到春輝的臉遠比想像中來得靠近，美櫻不禁屏息。

春輝也帶著困惑的表情，一動也不動地站在原地。

發現自己依偎在春輝胸前的事實之後，美櫻慌慌張張地向後退了一步。

「妳是跟別人一起進來的嗎？」

春輝冷靜地張望四周。

「我原本是跟小夏一起進來的，但現在跟她走散了。春輝你呢……？」

春輝身旁同樣不見優或蒼太的蹤影。他似乎也不是跟班上同學一起來的。

這時，春輝的手機突然響起一陣簡訊通知鈴聲，讓兩人嚇了一跳。

確認過螢幕之後，春輝喃喃唸了一句「那兩個傢伙……」而皺起眉頭。

「怎麼了嗎？」

「優跟夏樹說他們已經在外面了。」

「啊……這樣呀。」

（這就是小夏約我一起來鬼屋的理由嗎？）

要不然，她跟春輝不可能同時落單，然後又剛好在鬼屋裡巧遇。

夏樹或許很在意她昨天無精打采的模樣吧。

既然夏樹都從背後推她一把了——

美櫻下定決心，然後抬起頭望向春輝。

「那個，春輝！」

「美櫻，接下來……」

在開口的時間點不小心重疊之後，兩人又紛紛困惑地沉默下來。

「什……什麼事？」

「呃……那妳呢？」

面對尷尬的氣氛，他們忍不住朝彼此苦笑。

「我們……到底都在幹嘛啊？」

「就是說呀。」

美櫻回想起兩人高一剛認識那陣子的事情。

試探性的對話、以及像是在窺伺對方反應的沉默。

儘管這樣的感受令人焦急又坐立不安，她卻一點都不討厭。

「要……一起走完嗎？既然都進來了。」

「嗯，說得也是。」

美櫻試著和春輝並肩往前走。但因為通路過於狹窄，感覺好像會碰到彼此的手臂。擔心自己緊張的情緒因此傳達給春輝的她，不禁往旁邊靠了一些。

此時，一陣冰冷的觸感從後頸撫過，讓她不驚「呀啊！」地驚叫一聲。

春輝停下腳步，揪住那個冰冷的物體，並將它拉到美櫻的面前。

「只是一塊蒟蒻而已啦。」

仔細一看，眼前的確是一塊用棉繩綁著的蒟蒻。

兩人的視線對上後，春輝忍不住笑出聲來。

「妳一臉被嚇呆的表情呢。」

被他這麼一說，美櫻羞得滿臉通紅。

或許是被戳到笑穴了吧，春輝笑個不停，讓美櫻也不自覺地跟著笑出聲。

感覺兩人好久沒有這樣一起笑了。

就算只有這一刻也好，希望能像以前那樣——

「春輝，你也露出被嚇到的表情了呀。」

「嗯。如果太突然，確實會嚇到啦。」

春輝有些厭煩地撥開那塊數度貼上他的臉頰的蒟蒻。

「我記得妳很不擅長這類型的吧，美櫻。」

「嗯……應該算不擅長吧……」

「因為妳也不敢看恐怖片嘛。」

「不過，我喜歡很有趣的恐怖片呢。你之前不是有借我一部嗎？說內容是不可怕的。」

「比起恐怖片，我覺得那部比較像喜劇片耶。」

在燈籠透出的幽暗光線照耀下，春輝的側臉看起來樂在其中。

「可是，很有趣喲。」

回想起電影片段，美櫻不禁嘴角上揚。

「太好了……」

聽到春輝的低喃，美櫻「咦？」了一聲而望向他。

兩人停下腳步，在相同的時間點望向彼此。

（他剛才說太好了……是什麼意思？）

正當春輝打算再次開口說些什麼的時候——

「我～好～恨～啊啊啊啊啊～！」

從暗處突然竄出來的流亡武將，讓美櫻嚇了一大跳。

春輝似乎也吃了一驚，一時反應不過來而僵在原地。

「春……春輝？」

聽到流亡武將用淌著血漿的嘴呼喚自己的名字，春輝這才終於回過神來。

「這聲音……是虎太朗？」

「咦？小夏的弟弟嗎？」

美櫻望向春輝，然後又將視線移到流亡武將身上，愣愣地盯著他看。

「你在幹嘛啊？」

被春輝這麼一問，虎太朗一臉尷尬地回答：「因為……我是負責嚇人的啊。」

同時，他的身旁傳來一個焦躁地喊著「啊啊，真受不了！」的嗓音。

一名身穿制服、手上拎著破舊燈籠的女孩子猛地站起身。

「虎太朗，你這個冒失鬼！剛才氣氛明明很好耶！」

「為什麼是我變成冒失鬼啊！不是妳要我跳出來嚇人的嗎！」

「就算要嚇人，也要看時機啊！」

看著在眼前起爭執的兩人，春輝和美櫻不禁傻眼。

「小……雛？」

聽到美櫻出聲輕喚，原本揪住虎太朗衣領的雛才回過神來轉頭望向她。

「美……美……美櫻！呃……妳要玩得開心點喔！」

雛堆出僵硬的笑容，然後拉著虎太朗消失在暗處。

「呃……」

（他們也是受小夏之託嗎？）

「虎太朗的流亡武將……！」

春輝用手掩著嘴巴，努力讓自己不要發出笑聲。他的肩膀不斷輕輕抽動。

「如果有拍下來就好了。這樣的照片絕對能讓我笑一輩子。」

「小雛跟小夏的弟弟看起來感情很好呢。」

「喔，對啊。畢竟他們也是兒時玩伴嘛。」

「真好……」

不自覺地這麼說出口之後，美櫻察覺到春輝望向她的視線。

「啊……我的意思是，他們能夠陪伴在對方身邊的時間很長，令人羨慕……」

慌慌張張地這麼說明之後，春輝也輕聲回應「說得也是呢」。

「這個鬼屋還滿有趣的。」

「嗯……我玩得很開心。」

在通道的盡頭，一塊被燈光打亮、寫著「出口」兩個字的看板映入視野。

春輝將雙手交叉在腦後踏出步伐。

走出這裡的話，自己可能就再也說不出口了。

必須趁現在——

美櫻往前踏出一步，然後伸出手。

春輝吃驚地轉過身，鬆開原本抵著後腦杓的雙手。

「美櫻？」

「啊……」

美櫻慌慌張張地放開原本揪住春輝毛衣一角的手。

「那個啊。自從跟你相遇之後，我……變得會去觀看各式各樣的電影了。」

雖然喉頭感覺快要被千言萬語哽住，美櫻仍努力將它們說出口。

「以前，我知道的電影很少。可是，在你不斷推薦作品給我之後，我喜歡的電影增加了很多。」

春輝帶著略為困惑的眼神凝視著美櫻。

一旦說出來，就再也無法停歇。

她竟然有這麼多話想跟春輝說。就連美櫻自己都覺得驚訝。

「不只是電影喲。你還教了我好多事情。」

兩人在黃昏時刻一起眺望的天空。那麼美麗的天空，是她自己一個人時從未目睹過的。

因春輝推薦而看的那本小說也非常有趣。她反覆讀過好多次，也看了翻拍的電影。現在，那本小說已經成了美櫻喜愛的作品之一。

在CD專賣店試聽過的春輝喜歡的曲子，美櫻也將它下載到手機裡頭，不斷反覆播放。

她明白到，原來喜歡上一個人，會讓自己的世界變得更開闊。

變成兩人份的世界——

（我想要更了解春輝眼中的世界呢。）

美櫻按捺著湧上胸口的那股情緒。

「怎麼突然說這些？」

「總覺得很想把這些想法告訴你嘛。」

現在的自己，有沒有展露出最燦爛的笑容呢？

面對以認真眼神望著自己的春輝，感覺快要喘不過氣的她別開了臉。

「小夏他們還在等我們呢！」

說著，美櫻快步走向出口。

（這樣……應該算有努力過了吧……）

來到走廊上的瞬間，光亮在視野中擴散開來。

朝自己跑過來的夏樹的身影看起來有些模糊。

「美櫻，對不起！我剛才迷路了呢。」

「沒關係。」

美櫻拾起夏樹的雙手，對她展露笑容。

「謝謝妳，小夏。」

聽到美櫻以不會被春輝發現的音量輕聲道謝後，夏樹害臊地笑了起來。

待文化祭結束，後夜祭在逐漸染上夜色的校園中展開。
美櫻聽著遠處傳來的學生喧鬧聲，獨自待在美術室裡頭。
將美術社的展覽作品收拾完畢後，她還想多沉浸在文化祭的餘韻裡一陣子。
如果這一刻還能繼續下去就好了——
愈是開心的時光，愈會在轉眼間消逝。像是沙漏裡的細沙那樣從掌中流逝。
她對著攤開在桌上的練習用素描本，茫然地揮動手中的鉛筆。
看著自己下意識描繪出來的春輝的肖像畫，美櫻的手停止動作。

一起走在回家路上的短暫時光。
在教室裡稀鬆平常的對話。
在走廊上偶遇時，會極其自然地跟自己打招呼的態度。
聊電影話題時那雙樂不可支的眼睛。

專注於拍攝電影時的認真神情。

這三年間一點一滴累積的情感，不知不覺已變得如此巨大，幾乎要從內心滿溢而出。

「春輝……我該怎麼辦才好？」

對著不在這裡的人拋出的問題，不可能得到回應。

美櫻低下頭，緊捏著素描本其中一頁的邊角。

「美櫻？」

一聲突如其來的呼喚，讓美櫻像是觸電般抬起頭。

春輝正站在門口處。

「春輝……其他人呢？」

美櫻語帶驚訝地問道。

「都在學校的中庭。因為妳遲遲沒有過來，夏樹跟早坂都在找妳喔。」

看到春輝步入美術室，她急急忙忙闔上手邊的素描本。

「我在這裡發呆了一下子。」

將鉛筆放入筆袋裡時，美櫻一不小心讓筆滑了出去。

鉛筆從桌面滾落，掉到地上發出清脆的聲響。打算彎下腰撿的時候，春輝早一步替她拾起了筆。

「妳很累了吧？女僕咖啡廳什麼的……妳應該不喜歡這種吵吵鬧鬧的活動才對啊。」

「不過，我覺得很開心呢。能夠跟大家一起籌備、努力，讓它變成一段美好的回憶……有參加真是太好了。」

這麼回答之後，春輝的眼中似乎湧現一股溫柔的情感。

「辛苦了。」

碰觸到臉頰的鋁罐觸感，讓美櫻望向春輝。

「……因為隔了好一段時間，或許已經冷掉了吧。」

他遞過來的，是一罐溫熱的檸檬茶。

「不會，很溫暖喲。」

美櫻再次將鋁罐貼上臉頰，感受讓肌膚變得溫熱的觸感。

這樣的舒適感令她不禁閉上雙眼。

「美櫻……那個啊……」

聽到比往常更低沉的嗓音，她睜開雙眼，發現春輝露出十分嚴肅的表情。

她試著等待他的下一句話。但春輝卻遲遲沒有再開口，不安也因此在美櫻的胸口蔓延開來。

高中畢業之後，就無法再見面了——

如果春輝想說的是這種「告別的台詞」呢？

為了學習拍攝電影，春輝即將出發前往美國。

所以，她決定不要在現在說出自己真正的心意。

美櫻以雙手捧著鋁罐，緊抿著嘴唇。

如果……如果——

她在這一刻向春輝傾訴自己的情感呢？

那麼，她和他的「故事」的結尾，是不是多少能夠改變一些？

發現自己懷抱著這種淡淡的期待後，美櫻望向自己的腳邊。

她明明知道。

她有自己選擇的道路。

春輝也有自己選擇的道路。

一旦畢業了，無法和春輝相見的日子，也終究會變得理所當然。

（我……討厭這樣……）

「喂，美櫻？」

春輝困惑的嗓音、以及揪住自己肩頭的手，讓美櫻猛然回神。

「果然發生什麼事了吧？」

「……我沒辦法說。」

勉強擠出來的嗓音，聽起來沙啞無比。

她拚命壓抑著逐漸聚集在眼頭的那股溫熱感。

雖然看似還想說些什麼，但春輝最後仍選擇閉上嘴巴，並緩緩抽離原本揪住美櫻肩頭的手。

「對不起。」

美櫻拿起素描本，匆匆從春輝身旁走過時，看到佇立在原地的他動了動唇瓣，彷彿在問「為什麼」。

踏出美術室之後，美櫻將素描本揣在胸前，然後快步離開。

（對不起，春輝……）

我會笑著目送你離開。

也會將心意傳達給你。

在那個時刻到來之前，請你再等一下下——

在畢業典禮當天送給他的素描本，以及只有短短一句話的簡訊。

竭盡全身的精力和勇氣表達出來的心意，是否已經順利傳達給他了呢？

美櫻捧著素描本走出美術室，並替大門上鎖。

她沉浸在令人懷念的記憶餘韻之中，獨自在走廊上前進。

# Memory 4 ~回憶4~

到了放學時間，走廊上充斥著準備回家、或去參加社團活動的三三兩兩的學生。明智咲和這些學生擦身而過，走在前往教室的途中。

拉開教室大門後，裡頭不見學生的身影，只有手捧著一小束花的美櫻站在窗邊。

今天是她擔任實習老師的最後一天。那束花或許是班上同學送的吧。

「辛苦妳嘍。」

這麼開口寒暄之後，明智踏入教室裡。原本眺望著窗外景色的美櫻也轉過頭來。

「明智老師。」

「美櫻老師，拜拜！」

窗外有學生朝這裡揮手。

美櫻再次望向窗外，揮手目送那些學生離開，再緩緩放下自己的手。

## memory 4 ～回憶4～

「學生真的很可愛呢。」

「對吧？」

明智回想著春輝和美櫻等人還是高中生的那段時光，將雙手插進白袍的口袋。

「合田，妳之前問過我對吧。」

明智走到窗邊，和美櫻並肩眺望窗外。

「問我為什麼會想當老師。」

「是的……」

「其實，我原本沒打算要當老師呢。」

還是個高中生的時候，明智並不怎麼喜歡學校和老師。

「再說，就算努力鑽研古典文學，除非成為這方面的學者，否則，相關知識幾乎不會在日常生活派上用場嘛。像『之乎者也』之類的……」

就算學了這種東西，又有什麼意義呢？他當年是這樣想的。

對明智而言，古典文學真正變得有意義，是從他發現《萬葉集》和其他古文作品所闡述的內容，和活在現代的人們有著相同的「心情」那時開始——

從千百年前便不斷重複的「相遇」和「離別」，從來都不曾改變過。

愛戀著某個人、因這份心意而焦慮，又或是心繫無法相見的那個人，為了離別而潸然淚下。

而自己也正活在這種綿延重複的循環之中。

「如果不是歷史上的名人，就算曾經活在這世上，在死後也會馬上被遺忘吧？」

然而，遺留在古典文學裡的人們的「心意」，跨越了千百年的時光而流傳至今，讓人們明白世上仍有不變的事物。

「如果能把某人的心意傳達給後人，藉此留下那個人曾經存在於世的證據，這樣的行為，或許就是有意義的吧……我是這麼認為的。」

明智臉上浮現淺淺的苦笑，告訴美櫻「這就是讓我決定當老師的最初的理由」。

讓高中時的自己絞盡腦汁苦思，卻仍無法得到答案的問題——這或許就是他在思考的過程中，竭盡全力導出的「解答」吧。

「老實說，我一直不知道自己得出的答案是否正確。」

被春輝問到相同的問題時，明智沒能馬上回答，便是因為這個原因。

人生中的選擇，並不如考試題目的正確答案那麼單純。

必須在經過一段時間後，才有可能明白自己的答案究竟是不是正確的。

「你現在也還在迷惘嗎？」

聽到美櫻這麼問，明智微笑。

「我現在覺得那是正確答案了。」

過去，春輝和美櫻等人也為了自己該走的那條路，努力尋求著答案。

看著他們，就好像看著昔日的自己似的，令人忍不住乾著急。

和他們共度了三年的光陰，看著他們得出答案、準備畢業的時候，明智覺得自己彷彿也找到讓他持續苦思的答案了。

即使煩惱不已，也想試著往前進的這些學生——倘若自己能多少成為他們的助力，那麼，那些裹足不前的日子，或許也不是白費了吧。明智這樣想著。

「……雖然我不知道自己是不是真的有好好面對問題。」

「我覺得有喲。因為大家都很喜歡老師。因為你是跟我們並肩前進的老師。」

說著，美櫻展露出笑容。

「春輝一定也是這麼想的。跟我在一起的時候，關於老師的話題，幾乎和電影的話題一樣多呢……那時我還有點嫉妒老師喲。」

（不過，跟我在一起的時候，他可是不停提到妳喔。）

這句話應該由春輝本人告訴美櫻才對——因此明智沒有說出來。

只是取而代之地回了一句「因為那傢伙很不坦率嘛」。

迎面吹來的暖風令人心曠神怡。

「明智老師。」

聽到美櫻的呼喚，明智將望著窗外的視線移向她身上。

她露出嚴肅的表情向他深深一鞠躬。

「謝謝你。」

明智訝異地望著她。抬起頭來的美櫻，臉上有著相當溫柔的表情。

「我想變成像你這樣的老師。能夠好好面對學生，幫助他們找到屬於自己的答案——我會努力成為這樣的老師。」

看著過去的學生以筆直的視線凝視著自己，明智一瞬間不知該露出什麼樣的表情。

「……妳還真會說令人開心的話吶。」

## memory 4 ～回憶4～

雖然抱著半開玩笑的心情這麼說，但聽起來卻不像是在開玩笑。

因為他真的覺得很開心——

再次向明智一鞠躬之後，美櫻帶著笑容步出教室。

看著她的背影，明智送上「加油嘍，合田」這句話作為餞別的台詞。

隨後，他將雙手撐在窗台上，仰望上方的一片晴空。

這是自己第幾年在這裡看的風景呢——

明智這樣想著。

回到了睽違七年的日本後，春輝朝令人懷念的母校邁開腳步。

看著一如往昔的風景，讓他更進一步感受到「啊啊，我真的回來了」的事實。

這時，放在口袋裡的手機響了起來。他掏出手機確認來電者的名字，然後將手機貼上自己的耳朵。

「優？好久不見啦……嗯，我會去啦。就是為了這件事才回來的啊。」

明天就是優和夏樹的結婚典禮了。他準備了高中時期許許多多的照片和短片，準備製作成一段驚喜影片。他打算跟蒼太討論過後再把這支影片播放出來。想到那兩人會作何反應，就讓春輝期待得不得了。

「……我就要去見妳了。」

剪接高中時期的照片和短片時，有好幾次因為看到她的身影出現，讓自己的手停下動作。

不可思議的是，原本以為會隨著時間經過而褪色的這份情感，在過了七年的現在，仍沒有改變。

『我會一直等你。』

準備離開日本的當天，她送給自己這句話。

## memory 4 ～回憶4～

春輝也一直深信不疑，所以——

「那明天見嘍。」

結束通話後，他將手機塞進波士頓包的外袋裡。

然後望向初春的蔚朗天空。

（希望明天能放晴呢。）

在原地等待時，有人快步從校舍走了出來。

對方身穿灰色套裝、黑色皮鞋，肩上揹著一個白色的包包，看起來像是女性教職員。

或許是發現老櫻花樹的枝頭已經綻放出淺粉色的花苞了吧，她在途中停下了腳步。

瞥見像是在沉思般仰望著樹梢的那個身影時，春輝感覺時間彷彿停止了。

心臟也跟著重重地跳了一下。

他按捺住想衝到對方身邊的衝動，只往前踏出一步。

開口呼喚之後，緩緩轉過頭來的她，臉上浮現了驚訝，以及有點想哭的表情。

我會向妳表示當初沒能傳達出去的心意。

這次，我一定會牽起妳的手——

第六節課結束之後，明智咲看著學生從教室裡飛奔出去的身影，一邊擦去黑板上的板書。

放下板擦後，他輕輕將附著在白袍衣袖上的粉筆灰拍掉。

接著吐出一口氣，打算拿著點名簿返回教職員辦公室的時候。

「明智老師。」

聽到有人呼喚他，明智轉頭望向教室入口，發現美櫻站在那裡。

已經大學畢業的她，目前以一名教師的身分在自己的母校、亦即這間櫻丘高中任職。

當初和她同年級的友人榎本夏樹、以及瀨戶口優，明天即將舉行結婚典禮。聽說她會因此提早回去。

## memory 4 ～回憶4～

「合田老師，妳有什麼東西忘記拿……」

「咲哥。」

看到從美櫻身旁探出頭的春輝，明智不禁瞪大雙眼。

儘管兩片嘴唇編織出「春輝」這個名字，他卻沒有發出聲音。

踏進教室裡的春輝來到他的面前，伸出手比了比兩人的身高之後，露出一口白牙燦笑道：

「我終於追上你嘍。」

看著一臉開心地這麼表示的春輝，明智彷彿將眼前的他和高中開學典禮時的他重疊在一起。

那時的他比明智矮了八公分，現在，兩人的視線卻一樣高了。

五官看起來也變得成熟不已。

然而，不管是稱呼自己的方式或是笑容，完全沒有改變。

在不知不覺中，圍繞著自己的時光慢慢地、和緩地流逝著。

不過，他這次沒有被獨自留在原地的感覺了。

或許是因為自己也在前進的緣故吧。

「咲哥？久違的學生過來看你耶，你怎麼連一句話都不說啊？」

「歡迎回來，春輝。」

微笑著這麼回應之後，春輝也笑著對他說「我回來了」。

如果能在學校裡看著學生成長、看著他們選擇未來，那麼，當個「留堂老師」或許也不壞。

這就是現在的自己得出的「解答」——

我喜歡你！
嗚啊啊…
好啦，小雛～笑一個！
櫻丘高級中學
開學典禮
啊哈哈。
三角嫉妒
Text：香坂茉里

name.
Enomoto Kotarou
榎本虎太朗
生日／11月29日
射手座
血型／O型
隸屬於足球社。
夏樹的弟弟。個性頑皮，
喜怒哀樂非常明顯。
喜歡兒時玩伴雛。
name.
Setoguchi Hina
瀨戶口雛
生日／8月8日
獅子座
血型／A型
隸屬於田徑社。
優的妹妹。
總是十分開朗積極。
似乎很在意戀雪…？
name.
Ayase koyuki
綾瀨戀雪
生日／8月28日
處女座
血型／A型
隸屬於園藝社。
在改變外貌後成為
女孩們注目的焦點。
喜歡夏樹。

## memory 1 ~回憶1~

打從幼稚園時期開始，榎本虎太朗便已經決定了自己的情敵。

瀨戶口優——比住在隔壁的瀨戶口雛大兩歲，同時也是她的哥哥。

有著戀兄情結的雛，似乎是把這個哥哥當成理想的男人形象了。因此，從以前開始，她看待其他男生的眼光就很嚴苛。

（不過，有那樣的哥哥，其實也是無可奈何啦。）

對虎太朗來說，雛的哥哥優同樣是讓他憧憬的存在。

長得帥氣、擅長運動、很會念書、人緣極佳、連街坊鄰居都給他良好的評價。

要說他唯一的缺點，或許就是沒有看女孩子的眼光吧。

因為，優現在交往的對象，偏偏剛好是虎太朗的姊姊夏樹。

自從懂事以來，虎太朗便一直以優為目標。

會開始踢足球，也是因為優之前很喜歡這項運動。

如果不變成條件在優之上的「好男人」，就無法被雛當成戀愛對象。

他這樣想著，並不停努力。

然而，上了國中之後，突然有個跟優差了十萬八千里的人出現在雛的面前。是個相當低調、存在感也很薄弱，宛如透明人一般的男孩。

綾瀨戀雪——

細瘦的體型、白皙的膚色，看起來相當不起眼又不可靠。而且還是個會在走路時撞上垃圾桶的冒失鬼。

情敵？

礙眼又喜歡裝熟的那傢伙，怎麼可能變成自己的情敵呢——他確實因為這樣而掉以輕心。

雛笨拙的一面、討厭的食物、以及喜歡的東西，虎太朗全都知道。

因為他一直都在她身旁看著。

比起那種半吊子的騎士，自己才是更了解雛的人。

等到戀雪從國中畢業，雛就會馬上忘了他吧。

他原本是這麼想的。孰知在升上高中後，雛的單戀仍然持續著。

還不只是這樣。變得能和戀雪見到面，似乎讓雛的感情再次升溫。

某次，他和雛、優三個人在一起的時候，偶然瞥見了姊姊夏樹和戀雪兩個人走在一起的光景。

那兩人沒有發現雛的存在，開心談笑著離開。而雛只是靜靜在一旁看著這樣的他們。

發現浮現在眼眶中的淚水時，他明白雛是「認真的」。

自那天起，虎太朗的情敵便從優變成戀雪。

然而——

# 三角嫉妒

## memory 1 ～回憶1～

十一月已經過了一半，氣溫也一下子變得寒冷。

校園裡的櫻花樹枝頭也染上一片暗紅。葉片在風中慢慢凋落。

放學後，虎太朗聽著運動社團的吆喝聲和戲劇社的發聲練習，在校園後庭重複著翻土的動作。

不停揮動鏟子的手臂感覺有些痠了。決定稍做休息的他嘆了一口氣。

明明很冷，額頭卻滲出了汗珠。

他抬頭仰望天空。感覺會降下一場大雨的黑灰色雲朵在空中綿延。

已經接連好幾天都是這樣的天氣了。能夠窺見晴空的日子可說是很罕見。

原本以為到了秋天，園藝社就會變得很清閒。但這樣的想法恐怕是大錯特錯了。

虎太從運動服的口袋裡掏出一張沾上泥土的紙片。

那是園藝社的前任社長戀雪交給他的東西。

「十一月的待辦事項」。

列出這個標題的紙片上，仔仔細細地寫著各項指示。

不只是替初春的花卉播種或植苗這些工作。

文化祭過後，戀雪前往向學生會申請，得到了在後庭弄一處園藝社專用花圃的許可。

那是雜草叢生的一塊區域。

戀雪似乎是想趁冬天整頓這裡的土壤，等到明年春天種花時，再把這些養好的土拿去用。

現在，虎太朗便是在翻鬆這塊區域的土壤。但幾乎完全乾燥的土壤十分堅硬，還滿是石子。因此，儘管消耗了相當多的體力，卻遲遲沒有什麼進展。

「真受不了……也太會使喚人了吧。」

就在他這麼叨唸的時候，始作俑者戀雪出現了。

到了現在這個時期，高三生原本應該都已經從社團退隱了才是。

然而，儘管身為準考生，戀雪卻幾乎每天都會到社團露臉。

「狀況怎麼樣呢，榎本學弟？」

看他已經換上一身運動服的樣子，大概是打算加入整土的作業吧。

走到虎太朗身邊後，戀雪彎下腰觀察地面的狀態。

「這樣的土壤，應該只有雜草長得出來吧？」

「中庭的花圃一開始也是這樣的喔。不要緊，只要好好培養，之後就會變成能用的土壤了。」

「你說得倒輕鬆耶。」

雖然虎太朗以有些厭煩的語氣回應，但戀雪仍一如往常地滿臉笑容。

想讓土壤變成「能用」的狀態，恐怕需要耗費相當多的力氣吧。

（不過，中庭的花圃……是這傢伙一個人整頓好的嗎？）

想到這一點，虎太朗打消了開口抱怨的念頭。

有著一雙細瘦臂膀的戀雪都做得到了，經過足球社鍛鍊的他，怎麼可能做不到呢。

更何況，開口說出「我做不到」這四個字的話，就好像是承認自己輸給了戀雪一樣，讓他莫名覺得不爽。

（我就做給你看！）

為了表現自己的毅力，虎太朗再次振作精神，舉起鏟子往下挖，結果鏟子的尖端碰到了石頭。

他彎下腰撿起石頭，將它扔進停放在花圃外圍的一輛單輪手推車裡。

「這些都是要丟掉的對吧？我推去丟吧。」

面對堆滿石頭的單輪手推車，戀雪幹勁十足地握住它的把手。

「那很重，你推不動的啦！」

雖然虎太朗慌忙出聲阻止，但戀雪仍表示「沒問題、沒問題」，然後開始推著手推車往前。

一如所想，他整個人和推車都搖搖晃晃的，看起來實在很危險。

「啊！看前面啊！」

「咦？哇……嗚哇啊啊啊！」

話才剛說完，手推車就猛地撞上樹幹，然後翻覆在地。

（真的假的啊，有夠遜耶……）

虎太朗不禁掩面。

雛到底是看上了這樣的戀雪的哪一點啊？

加入園藝社之後，和戀雪一起作業的時間、交談的機會都變多了。不過，虎太朗至今仍不明白戀雪為什麼會吸引雛。

應該說，愈是深入了解戀雪，愈讓他覺得「這個人真的很遜耶」。

看到戀雪笨手笨腳地撿起滾落一地的石頭，虎太朗走到他的身邊，蹲下來幫他一起撿。

「不好意思。感覺我是在幫倒忙呢。」

戀雪一臉愧疚地開口道歉。他的表情和態度，看起來完全不像一位學長。

虎太朗撥了撥自己的短髮，重重嘆了一口氣。

「比起這個……你不用準備考試嗎？」

「你在為我擔心嗎？」

聽到戀雪這麼反問，虎太朗馬上板起臉孔。

「啥？誰在擔心你啊。只是覺得你一副遊刃有餘的樣子，所以才想問問啦。」

他不自覺地以找人吵架的語氣回應。

（開什麼玩笑。我幹嘛要擔心這種傢伙啊～！）

聽姊姊夏樹說，戀雪打算報考一所入學門檻頗高的大學。

因為他的成績差不多是學年榜首的程度，所以，到了現在，或許沒有臨時抱佛腳的必要吧。

「不過，畢竟人家都說大意失荊州嘛。謝謝你特別提醒我。」

看到戀雪用一如往常的溫暖笑容這麼對自己說，讓虎太朗覺得很悶。

如果他多少對自己抱持一些競爭意識，可能還比較好應付，但戀雪卻一直都對他釋出善意。

對戀雪來說，虎太朗不可能變成他的「情敵」。

因為在戀雪眼中，雛只是自己的一名「學妹」。

「榎本學弟，你好溫柔呢。你們姊弟果然很像。」

說著，戀雪瞇起雙眼。

「這跟夏樹無關吧！」

戀雪喜歡的人，果然還是——

虎太朗想起了那天的校舍玄關。打算對戀雪告白時，雛那張一臉快要哭出來的笑容。

（可惡。這傢伙果然讓人很不爽。）

虎太朗準備推手推車而起身時，戀雪也跟著站起來。

「啊，我來吧。」

「讓你推的話，只會增加我的工作量而已啦。」

明知用這種語氣跟學長說話是不對的，但虎太朗沒有改口的打算。

而戀雪也從未指責他這樣的態度，反而總是一副很開心的樣子。

「路上小心喔！」

看著滿面笑容揮手送自己離開的戀雪，虎太朗覺得更沒勁了。

「虎太朗！」

將滿車的石子倒掉，準備返回後庭花圃的虎太朗，轉頭望向呼喚他的聲音傳來的方向。

朝他跑來的人是雛。

她在田徑社制服的外頭套上運動服。或許剛才還在進行社團練習吧。

虎太朗停下腳步等她。趕過來的雛一邊調整呼吸，一邊抬頭問道：

「戀雪學長呢？在後庭的花圃那裡嗎？」

「應該早就回去了吧？」

只有話題帶到戀雪身上時，雛才會露出雙眼閃閃發亮的表情。

覺得心裡很不是滋味的虎太朗迅速踏出步伐。

「人家剛才看到他穿著運動服走向後庭了啊！」

雛露出不開心的表情，加快腳步超過虎太朗的速度。

「既然知道就別問我啊。」

硬是追上她之後，雛轉過頭來瞪著虎太朗。

「比賽不是快到了嗎？回去練習啦。要是現在偷懶，之後可會哭出來喔。」

一如虎太朗同時加入足球社和園藝社，雛也同時加入了田徑社和園藝社。

現在是接近比賽的時期，所以田徑社的練習一直很忙碌，讓雛沒什麼機會來園藝社這邊露臉。

「我才沒偷懶呢。當然是在練習結束後才過來的啊。」

「是喔～這樣啊～」

兩人就這樣一邊鬥嘴一邊走到後庭。

責任感強烈的戀雪正在那裡忙著拔除雜草。

「戀雪學長～！」

看到揮手向自己打招呼的雛，戀雪露出笑容。

「啊，瀨戶口學妹。」

「我也來幫忙吧。」

雛帶著滿面笑容奔向戀雪身邊。

（出現啦，乖巧學妹的加分時段。）

雛的眼中一如往常的只有戀雪的存在。

虎太朗完全無法進入她的視野之中。

「學長，今天練習的時候，我打破了自己之前的個人紀錄喔。」

「好厲害喔。這一定是妳努力的成果吧。看來，這次的比賽也沒問題嘍。」

「是的！」

雛帶著紅撲撲的臉頰回應。戀雪的誇獎或許讓她很開心吧。

她完全沒有轉過頭來。一邊開心地和戀雪聊天，一邊賣力拔草。

虎太朗無語地轉身背對兩人，然後離開了後庭。

雖然這種近似於逃避的行為感覺很沒出息，但他不想看到雛和戀雪感情融洽的光景。

移動到中庭的花圃後，虎太朗拾起長長的水管開始澆水。

在文化祭即將開始之前，這裡的花圃因為暴風肆虐，導致裡頭的花全死光了。

之後重新種下的，是一種看似小型向日葵的花朵。

正式名稱好像叫做金光菊。戀雪曾經說雛很像這種花。

因為金光菊很堅強，會在充分吸收陽光之後，對著天空綻放出燦爛的花朵。

由雛和戀雪重新栽種的金光菊，現在仍盛開著。

想起雛對戀雪展露的笑容，虎太朗不滿地嘟噥起來。

要到什麼時候，她的視線才會停留在自己身上呢？

他帶著一種像是遷怒的心情，將水灑向整面花圃。

## Memory 2 ~回憶2~

在足球社的高二生使用運動場的這段時間，虎太朗等人被指示去慢跑熱身。高一生的練習內容以基礎體能訓練為主。雖然部分社員不滿地嚷嚷著「好想踢球喔」，但這也是沒辦法的事情。

經過樹木葉片全數轉紅的公園時，虎太朗發現一個身穿櫻丘高中運動服的男學生，彎下腰不知在做些什麼。

發現那個人是戀雪之後，他停下腳步。

「你在這種地方幹嘛啊！」

不自覺地出聲呼喚之後，戀雪起身望向他。

「啊，榎本學弟。」

原本一起慢跑過來的其他社員，也跟著發現不知為何全身都是落葉的戀雪。

「那是高三的綾瀨學長吧？」

「他在幹嘛啊？」

聽到其他人的討論聲傳入耳中，虎太朗瞬間感到難為情起來。

（早知道就裝作不認識了……）

儘管為了不小心出聲呼喚對方的行為後悔，但既然已經對上視線，也不能就這樣視若無睹。

他朝戀雪走近。後者伸出手拍掉落在自己頭上和肩上的枯葉。

虎太朗瞥見戀雪身旁有一個裝滿了落葉的塑膠袋。

「……你在這裡撿垃圾喔？」

「不，我是在收集落葉。」

「收集這種東西幹嘛啊？」

虎太朗不耐煩地詢問後，戀雪彎下腰，以戴著園藝手套的雙手將收集來的落葉裝袋。

「我想把它們埋到你之前翻鬆的學校後庭的土壤裡。這樣就可以培養出優質的腐葉土了。」

聽到戀雪的回答，讓虎太朗無法再挑他毛病。

社團的其他成員似乎已經跑遠了。

雖然也能馬上追過去，但虎太朗猶豫了片刻，最後仍在戀雪身邊蹲下來。

看到他徒手抓起落葉往袋裡扔，戀雪露出有些困惑的表情。

「榎本學弟，你不是還在社團練習中嗎？請不用顧慮我喔。」

「我好歹也是園藝社的一員啊。」

「可是，你這樣會不會被罵……」

「我等一下會繼續去練跑啦，不會偷懶的。是說，要收集多少落葉啊？」

這麼問之後，戀雪掏出另一個塑膠袋。

「裝滿兩袋的話，我想應該很足夠了。」

目前只有一個袋子裡裝著落葉。

虎太朗從戀雪手中一把搶走塑膠袋，開始在一旁收集落葉。

「哎呀呀，你們要烤地瓜嗎？」

看到一名經過的老婦人笑著這麼說，戀雪同樣回以笑容，並朝她輕輕點頭致意。

「烤地瓜聽起來很不錯呢。如果有用剩的落葉，就把大家找來一起烤吧。」

戀雪一邊收集落葉，一邊以輕鬆的語氣說道。

「為什麼啊……」

聽到虎太朗低聲的疑問，戀雪「咦？」地露出不解的表情。

「榎本學弟，你不喜歡地瓜嗎？」

「我不是指這個啦！你為什麼要這麼執著於園藝社啊？你明年就會畢業，不會留在社團裡了啊。」

「……這個嘛……」

戀雪抱住自己的雙腿，微微瞇起眼睛。

「這麼辛苦去培養土壤，一點意義都沒有啊。」

就算種下花朵，等到盛開的時候，戀雪也已經不在這間學校裡了。

這是值得讓他犧牲寶貴的考前衝刺時間來做的事情嗎？

「看到園藝社二年級的其他成員，還有你和瀨戶口學妹入社的時候……我真的很開心。」

戀雪像是在細細挑選自己的用字譴詞般慢慢開口。

「如果我能有更多時間就好了。我很想從基礎開始指導你們、跟你們一起拔草、澆水、挑選花苗。」

聽著戀雪的話，一起和他收集落葉的虎太朗沉默了下來。

「感覺我沒做到什麼身為學長該做的事，好像硬是把社團事務推給你們一樣，這讓我很過意不去呢。所以，我希望至少能完成自己做得到的事情之後再畢業。」

「你真是……我果然還是一點都不懂你耶～」

儘管虎太朗垂下頭這麼低喃，戀雪臉上仍掛著溫和的笑容。

待社團活動結束，踏出校舍準備回家時，已是夕陽開始西沉的時分。

揹起書包踏出步伐的他，看到雛獨自佇立在樓梯處的身影。

原本想上前找她搭話，但發現雛的視線所及之處有著戀雪的背影，他不禁停下腳步。

她那張彷彿脆弱不已的側臉，讓虎太朗回憶起小時候的事情。

被優和夏樹丟下，帶著一臉快要哭出來的表情站在家門前的雛。就是跟那時相同的表情。

虎太朗對拎著書包的手使力。

喜歡的人眼中沒有自己的存在。這樣的煎熬，他再明白不過了。

雛現在感受著的那股湧現於胸口的痛楚。

自己也正感受著同樣的東西——

妳要對那傢伙念念不忘到什麼時候啊。

如果是我，絕對不會讓妳露出這麼難受的表情。

我很清楚讓妳展露笑容的方法。

所以……噯，看著我吧。

如果這麼對她說，雛會露出什麼樣的表情呢？

「……一直陪在妳身邊的人可是我喔。」

他這樣的低喃無法傳達給她。

不自覺望向地面時，虎太朗突然感覺到一股視線。

接著是「虎太朗？」的輕喚。

他抬起頭，發現雛轉過來看著他。

她的雙頰泛紅。或許是察覺到自己注視著戀雪一事被虎太朗看到了吧。

「你……你在幹嘛啊？」

看到雛有些慌張的反應，虎太朗連忙舉起單手向她打招呼，還補了一聲「呃……嗨」。

尷尬的氣氛接著籠罩兩人。

雛緊抿雙唇轉過身去。

「等等啦，雛。」

虎太朗追了上去，和她並肩同行。有片刻的時間，兩人就這樣看著不同處而一起走著。

「戀雪說……想找大家一起來烤地瓜。」

聽到虎太朗輕聲開口，雛轉頭望向他。

「是『戀雪學長』才對吧！你對足球社跟園藝社的其他學長明明都很有禮貌，為什麼就是不對戀雪學長用敬稱啊？」

「……因為我不承認他是學長啊，不行嗎？」

「有夠不服輸耶。你的這種個性，從以前到現在一點都沒變。」

那是因為我有不能退讓的事物啊。

虎太朗朝雛瞄了一眼。

「不過，跟大家一起烤地瓜，感覺很開心呢！」

看到她伸懶腰笑著這麼說，虎太朗暗自放心下來。

比起泫然欲泣的表情，雛更適合開心地笑著——

隔天午休，虎太朗來到圖書館。

待在這裡的人，大部分都是在為考試做準備的的高三生。

為了不打擾到他們，虎太朗選擇在窗邊的座位攤開書本。

專注地閱讀片刻之後，他聽到一個「嗚哇，真的在這裡耶。怎麼，在念書啊？」的聲音。

手邊的書被人一把拿起，虎太朗也跟著抬起頭來。

是他從國中時期就認識的友人柴崎健以及山本幸大。

「幹嘛啦，有意見喔？是說，把書還我啦。」

虎太朗不滿地想要拿回自己的書，卻被輕鬆閃過。

綽號柴健的柴崎健相當感興趣地翻閱從虎太朗手邊搶過來的這本書。

「花語啊……原來你很認真在鑽研嗎？真了不起耶。」

「推薦我這本書的人是你耶。」

虎太朗壓低音量，將柴健手中的書搶了回來。

「咦，是這樣嗎？」

或許是說話太大聲了，附近的高三學生對三人投以不悅的眼神。

「柴健，你太大聲了，會被趕出去喔。」

幸大以一如往常的平淡語氣從旁提醒。

他們倆拉開虎太朗對面的椅子坐下。看來是沒打算離開的樣子。

「那個據說連雜草都會養到枯掉的虎太朗……真虧你能繼續留在園藝社耶。」

「是誰告訴你這種事的啊？」

「嗯～……瀨戶口啊。」

柴健以手托腮這麼回答。他的視線未曾從手機螢幕上離開。

「雛？」

「她說念小學的時候，不管是種鬱金香、牽牛花、小番茄或是苦瓜，班上都有一個人會把它們種到枯死。」

（那傢伙幹嘛說這種多餘的……而且還是跟柴健說……）

「你很吵耶。有什麼意見啦？」

「我是在表達佩服啦。」

柴健一邊勤奮地按著手機，一邊露出淺淺的笑容。

他刻意瞄了虎太朗一眼，然後再次開口：

「也難怪你會堅持下去啦。畢竟有『小雛』在啊。」

從柴健的口中聽到「雛」這個名字，讓虎太朗心驚了一下。

「你是因為園藝社的社員不夠，才會加入的吧？就算當個幽靈社員，應該也沒問題不是？」

「……哪能只有我一個人偷懶啊。」

「所以，你才來圖書館看書嗎？我原本以為你是就算遇上考試，也只會在前一天臨時抱佛腳的人耶。」

柴健以手指輕敲攤開在桌上的筆記本。

「這個是……是戀雪交代要寫的園藝日誌啦。」

說著，虎太朗像是要遮掩什麼似的闔上筆記本。

「噢……那個傳說中的小雪學長啊。」

「你也知道那傢伙嗎？」

柴健跟戀雪之間應該不存在共通點才對。

「女生們都在傳啊。他不是突然變得很引人注目嗎？亞里紗也……」

話才說到一半，柴健突然沉默下來。

「為什麼突然提到高見澤？」

高見澤亞里紗也是和虎太朗畢業於同一所國中的女學生。

雖然虎太朗不太懂她跟雛的感情究竟是好或不好，不過，至少亞里紗感覺頗在意雛的樣子。

「這個嘛，為什麼呢？」

柴健這麼回應，並露出想要打馬虎眼的笑容。

於是，虎太朗決定放棄繼續追問下去。

「綾瀨學長在校刊社也是赫赫有名的人物喔。這個月的校刊還有他的採訪專欄。」

原本也在看書的幸大抬起頭加入話題。

他手中捧著名為《入門者也能學會的花卉種植方式》的書籍。是虎太朗從書架上拿出來堆放在桌上的其中一本書。

他想起校刊社幾天前來採訪戀雪的事情。

身為校刊社成員之一的幸大，當天跟其他學長姊一起拍攝了花卉的照片。

「在很多地方都會聽到那位學長的名字呢。他有時會外借寫生用的花卉給美術社，去插花社採訪時，對方也有提到他的名字。聽說他還有負責照顧校長辦公室的發財樹。」

「校長辦公室？」

開始上課前的早晨、下課時間和放學後，戀雪幾乎都在照顧花圃。

光是園藝社的工作，應該就讓他分身乏術了，竟然還插手其他社團的事情。要當濫好人也該有點限度啊。

他回想起戀雪在公園撿落葉的事情。

為了在他畢業後繼續留下來的那些社員——戀雪是這麼說的。

無論什麼時候，他都以別人為優先考量，而把自己的順位放在後面。

而且，他從未因此露出不悅或嫌麻煩的表情，總是以一副樂在其中的態度進行作業。

「……實在敵不過他啊。」

虎太朗趴倒在園藝筆記本上這麼呻吟。

原本對花草植物壓根不感興趣的他，努力像這樣泡在圖書館裡、像個入門者似的研讀園藝書籍、做筆記，然後一有空就跑去照料花圃——

儘管抱著和戀雪較勁的心態去做這些事，不過，自己似乎還完全無法跟他比。

虎太朗原本以為，繼承園藝社是一件很簡單的工作。

然而，在戀雪畢業之後，剩下的他們有辦法做到相同程度的事情嗎？

他知道其他學長也都很努力，可是，他們全都是外行人。

老實說，讓原本由戀雪照料的花圃維持生長狀態，就已經是大家的極限了吧。

（我可顧不到校長的發財樹喔。）

光是想像，幾乎就令人頭痛。

「你這麼消極的樣子還真罕見耶。」

聽到柴健這麼說，虎太朗以有些虛弱的聲音反駁「不是這樣啦」。

「我的意思是，我沒辦法像他那樣一步一腳印地做事啦。」

「會嗎？我倒覺得你很擅長這種事情啊。」

幸大的回應讓虎太朗懶洋洋地抬起頭來。

「啊～或許喔。虎太朗跟小雪學長其實說不定很像呢。」

仍在把玩手機的柴健笑著附和。

「哪裡像啦！一點都不像好嗎？」

虎太朗不滿地皺起眉頭。

「就是為了某人盡心盡力的那種感覺吧？這也是一種才能啊。換成我的話，遇到麻煩的狀況，馬上就會放棄了。」

柴健拉開椅子起身，並以調侃的眼神望著虎太朗。

「總之，你就努力看看嘛。你也想讓『小雛』見識一下自己的長處吧？」

語畢，走向圖書館大門的柴健開始開心地講起手機。

虎太朗茫然地目送他的背影離去。

「柴健其實都有在觀察別人呢。有點意外。」

幸大也將視線移向柴健的背影。

「他只是隨便講講而已吧。」

不管怎麼想，虎太朗都不認為自己和戀雪有相似之處。

「虎太朗，你討厭綾瀨學長嗎？」

幸大這個直接了當的問題，讓虎太朗一時無法回答他。

倘若是加入園藝社之前的自己，或許會毫不遲疑地回答「討厭」吧。

那天，雛在校舍玄關打算和戀雪告白的光景，總是會在腦海中閃過。

「與其說我看他不順眼，應該說我無法接受他的某些行為啦。只是這樣而已。」

察覺到幸大視線的虎太朗這麼回答。

「是喔。」

「噯，幸大。你都沒有這樣的對象嗎？」

「什麼對象？」

「就是討厭的人或喜歡的人之類的……因為你完全不會聊這方面的事情嘛。」

虎太朗只是基於一時興起和好奇心而提出這個問題。

但之後，幸大卻沉默了下來。於是虎太朗連忙改口：

「啊！抱歉。突然這麼問，你也會覺得傷腦筋吧。」

「有啊。」

「……啥？」

「我曾經有個喜歡的人。」

因為幸大的表情和語氣一如往常，虎太朗差點忽略了這句話。

「快上課了，我先回教室嘍。」

語畢，幸大以手指輕推眼鏡，然後起身。

「喔……好。」

看到虎太朗帶著有些困惑的表情回應，幸大朝他微微一笑，便離開了座位。

（真讓人搞不懂耶……）

## Memory 3 ～回憶3～

外頭落下的雨點敲打著更衣室的屋頂。

足球社的高二社員中斷練習而踏進這裡，討論著「怎麼辦？要改做自主練習嗎？」的問題。

原本坐在板凳上繫釘鞋鞋帶的虎太朗，起身走向對話中的學長們。

「那個……學長。」

這麼開口後，那群高二生停止交談而望向他。

「怎麼了？」

「如果練習結束了……我可以先離開嗎？」

以怯生生的語氣這麼詢問之後，其中一名高二學長露出不悅的表情。

「那你的自主練習要怎麼辦？」

「我……」

晚點會再自己進行練習——在他這麼回答之前，那名學長又接著問道：

「又要去園藝社？榎本，你真的認為自己有餘力跨社團活動嗎？」

學長的指摘讓他抬不起頭來。

面對以王牌前鋒球員的身分在球場上活躍的學長，虎太朗打死也不敢說出「我有跨社團的餘力」這種回答。

其他社員們也跟著噤聲。

「我知道你有申請跨社團的許可。可是，這麼做是不是反而讓你兩頭都落空？之前去練跑的時候，聽說你獨自脫隊了？」

是他去幫忙戀雪撿落葉的那天。

雖然他之後有好好跑完練習的路程，但因此多耗費了一段時間，的確也是不爭的事實。

平日，因為處理園藝社的事務，而導致練習時間不夠的話，他也會趁假日或放學後進行自主練習，以彌補這些不足的部分。

儘管虎太朗完全沒有想要偷懶的意思，但如果無法祭出相應的結果，也只會被別人認為他在找藉口，而無法採信他的說詞。

「上星期的練習比賽，你覺得我們為什麼會輸？」

「……因為到了後半場，在我上場之後……大家的步調就被打亂了。」

聽到虎太朗的回答，學長的視線變得稍微溫和了一些。

「我也明白並非一切都是你的錯，榎本。不過，行動沒辦法跟其他的隊友同調，很明顯是起因於你的練習不夠喔。」

虎太朗只能默默認同。

他明白學長這番話相當有道理，同時也道出了其他社員的想法。

為了爭取晉升先發球員的機會，大家都很拚命在練習。

當然，虎太朗也很認真看待這件事。然而，周遭的人恐怕不見得這麼想。

（該怎麼做，才能讓大家認同我啊……）

虎太朗咬住下唇，雙手也緊緊握拳。

窗外很暗。外頭正下著傾盆大雨，風似乎也愈來愈強。

## 三角嫉妒

### memory 3 ～回憶3～

在田徑社的討論會結束後，雛回到教室裡，發現虎太朗的書包還掛在座位上。

「咦？虎太朗還沒回去嗎？」

她剛才在校舍玄關遇到戀雪。後者已經中斷園藝社的作業，也告訴她虎太朗今天去參加足球社的社團活動，並沒有過來園藝社。

（他在幹嘛啊？）

依照虎太朗的個性，他今天八成又忘記帶傘了吧。

雖然一度想丟下他先行回家，但這麼做似乎又太無情了。

「真是沒辦法耶～」

這也算是一種敦親睦鄰吧。正當她打算替人不在這裡的虎太朗拿起書包時，教室的大門打開了。

「啊，虎……」

雛轉身呼喚，但出現的人並不是虎太朗。

是個將一頭黑色長髮紮成雙馬尾的同班女同學。

「高見澤同學……」

高見澤亞里紗朝虎太朗的書包瞥了一眼，接著望向雛。

「妳就趕快過去吧。要不然……榎本會感冒喔。」

「咦？」

因為完全狀況外，雛不禁做出一頭霧水的反應。看到這樣的她，亞里紗蹙眉問道：

「妳不知道嗎？」

「不……不知道什麼？」

「榎本現在一個人在操場練跑喔。」

「咦？為什麼？」

「足球社的學長似乎對他兼顧園藝社的行為有些意見，結果他就這樣逞強了。」

雛一瞬間不知該作何回應。

「……妳為什麼會知道這種事情？」

「是柴崎同學聽足球社經理說的。他刻意跑來告訴我。」

柴崎健和虎太朗就讀同一所國中，也很常看到他們混在一起。

「為了跨足球社和園藝社兩個社團，榎本好像一直在勉強自己擠出時間呢。因為這樣，讓他跟周遭的社員處得不是很好。」

亞里紗的發言已經無法傳入耳中。

在豆大雨點不停的敲打下，玻璃窗蒙上一股白茫茫的霧氣，讓雛無法窺見操場的狀況。

「他似乎是在做出『我會確實兼顧園藝社和足球社的活動』這種發言後，就去操場練跑了。真虧他能在這種大雨之中跑步呢。」

（……虎太朗……）

「妳打算站在這裡發呆到何時呀？」

「咦？……」

「把榎本拉進園藝社的人不是妳嗎？」

下一刻，雛將自己和虎太朗的書包揣進懷裡，然後衝出教室。

步出校舍玄關後，雛撐著雨傘往前跑。

抵達操場時，那裡早已不見其他運動社團成員的身影。

虎太朗獨自在變得泥濘不堪的跑道上默默跑著。

不知道他已經跑了幾圈了。

並不是因為有人在看著。

足球社的其他學長應該都已經回去了吧。

「把榎本拉進園藝社的人不是妳嗎？」

亞里紗說得沒錯。在雛為了是否要加入園藝社而猶豫不決時，是虎太朗從背後推了她一把。

那個明明對花草一點都沒興趣的他。

從小學時期以來，一次都沒有成功讓鬱金香開花的他。

卻和雛一起參加了入社考試。

一開始明明還說自己不打算參加這場考試。

但每逢午休或是放學後的空閒時間，他總會跑去圖書館充實花卉的相關基礎知識。

「為什麼連我都要學習這些花草知識啊！」

儘管嘴上這麼抱怨，他仍一直陪雛努力到最後。

因為要準備田徑社的比賽，所以雛很少有機會到園藝社露臉，代替這樣的她去幫忙戀雪的人，也正是虎太朗。

「我會過去盯著他啦。所以，妳就專心在田徑社那邊吧。」

虎太朗這麼對她說。

（就算很辛苦，虎太朗也從來不說呢。）

雛垂下頭，用力握住手中的傘柄。

這時，終於停下腳步的虎太朗以雙手按在膝蓋上，就這樣癱坐在原地。

雛踏進跑道上。

她走近虎太朗，替他撐傘遮雨。後者抬起一張被雨水打濕的臉。

濺滿泥水的運動服和釘鞋。

儘管想著要說些什麼，胸口卻像是被東西堵住似的，讓雛發不出半點聲音。

「跑步……真的是讓人渾身舒暢的一件事耶。我稍微能理解妳在跑田徑時的心情了。」

虎太朗帶著一臉豁然開朗的表情仰望天空。

不知為何，雛覺得有點想哭。她拚命忍住感覺就要湧現在眼角的淚水。

「一般人會在這種大雨中練跑嗎？要是感冒了，我可不管你喔！」

但虎太朗卻顫抖著肩膀笑了起來。

「……我聽說，你因為園藝社的事，和足球社的學長吵架了。」

「也不是吵架啦。是我自己要來練跑的啊。」

「……為什麼要這麼做……」

將手撐在腿上起身後，虎太朗雙手扠腰望向她。

「是為了園藝社？你又沒有必要勉強自己繼續下去……」

「我沒有勉強啦。再說，如果我現在退出，對七瀨學長他們也不好意思啊。而且……

我很不喜歡半途而廢的作法。」

「對你來說，足球社更重要才對啊！」

雛不禁提高音量。

她知道，國中三年以來，虎太朗一直都很努力練足球。

要是因為被自己拖下水，而讓虎太朗陷入不得不放棄足球的情況——

（我怎麼能讓這種事發生呢……）

「我又沒有被要求退出足球社。」

聽到虎太朗堅定的語氣，雛抬起原本盯著他的腳邊的視線。

「可是，先發球員……」

「我不會放棄爭取的啦。絕對不會。我不是說過了嗎？我一定會當上先發球員給妳看。」

虎太朗拿起被雛單手揣在懷裡的書包。

「不用擔心啦。」

他露出一如往常的燦爛笑容從雛的身旁走過。

「……當然會擔心啊……」

雛的低喃聲被大雨蓋過，沒能傳入虎太朗耳裡。

（明明是虎太朗，竟然還這麼愛裝帥……）

看著虎太朗朝社團教室大樓走去的濕漉漉的身影，雛露出笑容奔向他。

「虎太朗，我們去吃碗拉麵再回家吧！」

她拍了拍那個看起來變得格外可靠的背影，然後和他並肩行走。

「今天我請客喔！」

「……騙人的吧？妳是怎麼了啊？」

「你也太震驚了吧！其實是因為哥哥給了我免費招待券啦～啊，不過只有純粹的清湯拉麵而已喔。想加點白煮蛋或是叉燒的話，你就要自己出錢。」

「嗳，這樣的話，請客的人應該是優才對吧？」

「才不對～這可是我幫電影研究社的忙換來的喔，因為我都有幫哥哥租ＤＶＤ之類的啊～我把寶貴的其中一張分給你，你應該感謝我才對。我原本想跟華子一起去吃，所以一直保留到現在呢。」

只有今天破例喔。

雛露出笑容，破例將傘下的另外半個空間分給虎太朗。因為——

我不會放棄。

虎太朗的這句話，讓她開心不已。

# memory 4 ～回憶4～

持續了一整晚的雨，在隔天早上完全止歇，天空呈現一片蔚藍。

比平常提早十五分鐘到校的虎太朗，前往後庭察看花圃的狀態。

原本以為今天絕對能第一個到的他，看到已經在進行作業的戀雪，不禁垂下雙肩。

「早安，榎本學弟。」

和往常一樣，戀雪帶著笑容向他打招呼。

看樣子，他似乎正在把兩人一起收集來的落葉，跟虎太朗之前翻鬆的土壤混合。他的雙手和臉頰上都沾著土。

「你到底都是幾點到學校的啊？」

自己已經提早到七點就踏出家門了，卻從未比戀雪早到過。

他將書包扔向一旁，然後捲起袖子。

「啊！你的制服會弄髒的。讓我來就好。」

「沒差。這個花圃原本就是我在負責的。」

虎太朗從戀雪手中搶過鏟子，將它插進地面。

在下過雨之後，這塊花圃的土壤變得鬆軟許多。但相對的，也讓虎太朗的運動鞋沾上一堆軟泥。

「我從瀨戶口學妹那邊聽說足球社的事了。真對不起……」

戀雪露出一臉愧疚的表情。

「為什麼你要道歉啊。這是我自己的問題啊。再說，也已經解決了。」

昨天，和雛一起去吃拉麵時，學長傳了一封簡訊給他。

『我明白你的決心了。加油吧。』

學長已經這麼說了。而且，別人會以為他在偷懶，應該也是自己態度上的問題導致的誤會。

虎太朗也很明白學長們的心情，所以，這件事並沒有讓他留下心結。

或許還是有社員對他跨社團一事感到不滿，不過，也只能靠自己的毅力和努力讓他們明白了。

如同柴健和幸大所說的，這或許正是自己擅長的事也說不定。

「請讓我擔心你吧。」

戀雪蹲下來，開始拔除長在花圃邊緣的雜草。

「因為你也是我們重要的社員之一啊，榎本學弟。」

戀雪起身，筆直地望著虎太朗的雙眼這麼表示。

感覺自己下一刻就會因為害羞而臉紅，虎太朗急忙別過臉去。

真虧他能夠臉不紅氣不喘地說出這種令人害臊的台詞耶。

「……不用擔心啦。足球社跟園藝社我都會持續下去的。」

語畢，他開始賣力翻動花圃裡的土。

儘管還是沒有勇氣望向戀雪的臉，但虎太朗能感覺到他露出了笑容。

（真是個怪人耶……）

隔天放學後，虎太朗走到位於中庭的花圃，發現種在裡頭的金光菊幼苗全都變成茶色而枯萎了。

「怎麼會……」

他不禁跪在花圃前。雖然有察覺到這些幼苗從幾天前看起來就無精打采，但虎太朗以為只是進入了休眠期，所以也沒有特別在意。

可是，眼前這些幼苗枯萎的樣子，和他在書上看過的休眠期狀態並不一樣。

虎太朗拚命在腦中搜索原因。

是因為那天的暴雨嗎？

還是這些幼苗其實生病了，但他卻沒能察覺到？

戀雪說有了基肥，就不需要其他肥料，所以他也沒再追加肥料。

要說虎太朗做過什麼，大概也只有澆水而已。

他以撐在地上的手捏起一把土。

（之前還放話說自己會好好照顧，現在竟然變成這樣……）

接著，他起身朝校舍衝了過去。

抵達高三的教室外頭後，虎太朗緊張地將手伸向教室的門把。

他深吸一口氣，然後打開門——原本正在開心談笑的女學生們紛紛轉過頭來。

面對瞬間聚集到自己身上的好奇視線，虎太朗不禁「嗚……」了一聲，覺得有些不知所措。

「你是高一的學生嗎？怎麼了？」

「咦？他是夏樹的弟弟吧？」

「咦～好可愛喔！」

看到女學生們圍繞到自己身邊，虎太朗像是想要逃走似的倒退了一步。

「什麼什麼？你在找夏樹嗎？」

「不……那個……」

發現自己的嗓音不自覺變尖之後，覺得很沒面子的虎太朗不禁用手臂遮住臉。

（我到底在幹嘛啊……）

他放下手，像是下定決心般抬起頭來。

「請問綾瀨學長在嗎？」

終於這麼問出口之後，他的背後傳來一陣「榎本學弟？」的呼喚聲。

虎太朗轉身，發現戀雪雙手捧著書站在走廊上。

「你在找你姊姊嗎？」

「不是。那些金光菊……！」

發現其他女學生也豎耳聽著他們的對話之後，虎太朗一把揪住戀雪的手。

「有個東西想讓你看一下。」

他這麼說，然後拉著困惑的戀雪直奔中庭。

離開校舍的兩人抵達花圃所在處後，戀雪彎下腰，表情也蒙上一層陰影。

「啊，這……已經救不回來了呢。因為根部都損傷了。」

將花苗挖起來確認根部的狀況後，戀雪語帶遺憾地這麼表示。

「……是什麼問題造成的？」

「我想應該是水分。」

「我都有確實在澆水耶！」

「不，其實正好相反……或許是因為澆太多水了吧。金光菊是不喜歡潮濕環境的花卉，光是吸收雨水應該就足夠了。」

「啊……」

一開始的時候，戀雪就已經說明過了。閱讀園藝相關書籍時，他也有在裡頭看到這樣的內容。

原本以為自己已經把這些知識聽進去、看進去了。

「是我的錯。」

「都是我的責任。」

戀雪起身，並以一句「很抱歉」和虎太朗致歉。

（為什麼是你在道歉啊。）

虎太朗不禁輕咬下唇。

「我認為之前那場大雨也有影響。在根部狀態不好的時候，又降下那麼多雨水的

話……如果我能夠更頻繁過來巡視，就不會發生這種……」

「不對吧！」

虎太朗暴躁地打斷戀雪的發言。

無須仰賴戀雪也沒問題。他原本是這麼認為的。

但卻導致了這種結果——

到頭來，終究還是失敗的他，只能再次向戀雪求助。

「我果然沒有這方面的才能。」

很不甘心。

真的只有極度不甘心的感覺。

別說是成為戀雪的對手了，虎太朗根本遠遠不及他。

甚至還因此說出喪氣話。

「榎本學弟。」

聽到戀雪平靜的呼喚聲，虎太朗微微抬起頭。

「每個人都有失敗的時候。無論再怎麼細心照料，如果那一年的天候和植物的習性不合，就可能種不出來。我也曾經失敗過很多次……讓很多很多的花枯萎過。可是呢——」

戀雪以筆直的視線望著虎太朗繼續說道：

「如果懷抱著愛情去照顧它們，花朵也會有所回應喔。」

「它們才不會回應我咧。」

虎太朗不知不覺這麼脫口而出。

「沒有這種事喔。榎本學弟很有天分，也很適合園藝呢。」

戀雪露出柔和的笑容表示「我可以保證」。

「是哪來的證據讓你說這種話啊。我連澆水這種簡單的工作都做不好了……」

虎太朗在原地蹲下，吐出一口氣，將胸口沉重不堪的煩躁一併釋放出來。

「再說，我根本不喜歡花啊。」

戀雪應該也早就察覺到了這一點才對。

然而——

「不喜歡花的人，會每天過來照料花圃嗎？就算是很辛苦的土壤培養工作，也會毫不排斥地去做？還會為了繼續留在園藝社，不惜在大雨中練跑？」

「那些都是……」

都是為了雛——這樣的答案最後哽在喉頭。

「真的不喜歡花的人，就算看到花枯萎了，也不會放在心上。可是，你卻為此特地跑來找我。」

虎太朗看著在身旁坐下的戀雪的側臉。

「你們果然很像呢～」

發現戀雪凝視著花圃的雙眸透露出近似於心痛的情感，虎太朗有些尷尬地移開視線。

「為了自己重視的那個人生氣、歡笑或哭泣……這樣堅強的內心，真的讓我很憧憬呢。因為我總是很在意周遭的目光，一直低垂著頭過日子。」

語畢，戀雪不禁苦笑。而虎太朗只是在一旁默默傾聽。

這是宛如不小心呼出一口氣那樣的獨白。

戀雪同樣懷抱著無法傳達給對方的一份心意，持續為此煩惱而心痛不已。

其實，這種事情——虎太朗從很久以前就知道了。

「這些話……應該去對本人說，而不是跟我說吧。」

就算戀雪對自己說這些，也只會讓他感到傷腦筋。

「說得也是。不過，不知道為什麼，我就是想說給你聽呢，榎本學弟。」

說著，戀雪瞇起雙眼。

如果能在沒有因雛而產生心結的情況下結識戀雪的話——

如果他們能更進一步了解彼此的話——

是不是就能打造出不同於現在這種學長學弟之間的關係了？

（……現在想這種問題也無濟於事啊。）

虎太朗的手緊緊握拳。

當下應該思考的，是自己還能在僅剩的時間裡做些什麼。

距離戀雪畢業，已經剩下不到半年的時間了。

離別的時刻正一分一秒地接近。

# memory 5 ～回憶5～

在十一月即將邁向尾聲的某天，戀雪走向位於操場一角的花圃。他已經好幾天沒有這麼做了。

抵達花圃所在處之後，戀雪發現雛和虎太朗也在場，於是準備開口打招呼。但看到他現身的兩人卻直接跑了過來。

「哇啊！學長，你不可以過來這邊！」

「在原地停下來！聽好嘍，你一步都不要動喔！」

看到兩人慌張的樣子，戀雪不解地問道：

「請問……怎麼了嗎？」

「沒啊。是說，準考生出現在這種地方沒問題嗎？」

「因為我很在意花圃……」

「比起這個，你多擔心自己啦！」

原本想將視線移到花圃上，但虎太朗卻像是刻意擋住似的站在戀雪面前，雙手扠腰地這麼說道。

「在畢業典禮那天之前，禁止戀雪學長巡視花圃！」

看到雛也說出這種話，戀雪更困惑了。

「可是，還有很多必須做的……」

「那些作業我們都會確實完成！」

雛用雙手推著戀雪，迫使他背對花圃踏出腳步。

「雖然是不可靠的學弟妹，但你多少也信賴我們一些吧。」

「榎本學弟……」

企圖轉頭望的時候，戀雪被虎太朗吼了一聲「不准看這邊」。

「也絕對不可以偷偷跑過來看喔！」

是嗎——看來自己退隱的時候真的到了。

「我明白了。」

聽到戀雪這麼說之後，雛放下原本推著他背後的手。

「如果發生什麼事，我們會主動去找你。」

朝虎太朗點點頭之後，戀雪沒有再次回頭，朝著校舍所在的方向踏出腳步。

虎太朗說得沒錯。

在畢業之後，自己不可能繼續照料這些花圃。

接下來，就只能信賴這些學弟妹，並將一切託付給他們了。

在胸口一閃即逝的落寞，或許就像是公鳥和母鳥看著雛鳥展翅離巢的那個瞬間的感覺吧。

啊啊……不過，不是這樣呢。

（必須展翅離巢的人，其實是我才對。）

戀雪抬頭，瞥見一隻遨翔於寒冷的冬季天空中的鳥兒。那個身影讓他覺得有些炫目。

和雛並肩蹲在花圃旁的虎太朗，以小鏟子將土壤挖出一個洞，再把球根埋在裡頭。

雛從運動服口袋拿出一封變得皺巴巴的信。

「那是……」

虎太朗停下手邊的動作，盯著雛的側臉看。

「我沒能交給戀雪學長，就這樣一直把它留在自己手邊了。」

雛有些落寞地瞇起雙眼，將這封信跟白色鬱金香的球根一起埋了起來。

「這樣好嗎？」

「嗯。這樣就好了。」

像是在說給自己聽的音量。

雛以略微浮現水氣的眸子望向天空，接著又開始繼續撥土掩埋球根的作業。

提議來種鬱金香的人正是她。

## 三角嫉妒
### memory 5 ～回憶5～

白色鬱金香的花語是「失去的愛」。

以及「全新的愛」。

如果雛展開了下一段戀情，希望她的對象會是自己。

虎太朗這麼祈禱著，仔細地將每一個球根埋入土中。

「嗳，雛……等到畢業典禮那天——」

虎太朗望向雛。後者也停下手邊的動作望向他。

「我們就讓鬱金香好好開花，然後在這種狀況下送他離開學校吧。」

到了明年春天，目睹盛開在這塊花圃中的鬱金香花海，戀雪會露出什麼樣的表情呢？

現在，虎太朗不討厭會暗中期待的自己了。

「嗯！」

看著雛開心點頭的反應，虎太朗和她一起露出笑容。

接下來，以及很久很久以後的未來——

我都會在身旁讓妳展露笑容。

# 山本幸大的情況

Text：藤谷燈子

Mochizuki Sota
name.
望月蒼太
生日／9月3日
處女座
血型／B型
隸屬於電影研究社。
跟夏樹、優、春輝等人
是兒時玩伴。很喜歡燈里，
是常被大家捉弄的存在。
Hayasaka Akari
name.
早坂燈里
生日／12月3日
射手座
血型／O型
美術社社長。
雖然相當受男生歡迎，
但其實很怕生，
對戀愛也有些遲鈍？

令人無法忘懷的那件事，發生在國中的時候。

「山本學弟，你的眼鏡借我一下！」

還沒來得及回應，對方便已經伸出比自己纖細得多的手指。

她無視幸大困惑的反應，將眼鏡架到自己的臉上。

「哇！整個視野都扭曲了耶……」

「我想也是。因為我的度數還滿深的。」

「唔～果然跟眼鏡沒關係嗎？」

語畢，她十分乾脆地將眼鏡還給幸大。

這副眼鏡有什麼問題嗎？

或許是察覺到幸大不解的反應了吧，她以「其實啊……」接著開口說明。

「因為我很在意你眼中看到的世界是什麼樣子的嘛！」

「……我覺得應該很普通吧。」

「沒有這回事喔。你不但看過很多書，也都有在關心周遭的人的動靜！所以，就算是無心說出的一句話，也能夠很犀利地傳入別人內心。」

幸大一瞬間說不出話來。

她口中描述的這個「山本幸大」，彷彿是不同於自己的另一個人。

他的確很喜歡看書，但直到現在，幸大都不曾覺得這個喜好有幫上自己什麼忙。

另外，「會關心周遭的人的動靜」聽起來或許很了不起，但他其實只是喜歡觀察人類罷了。

至於「無心說出的一句話」，也純粹只是一種我行我素的發言罷了。

（能說出足以深入他人內心的發言的人，應該是……）

既然她這麼說，那就一定錯不了。

因為，她說出來的每一句話、以及她的笑容，都有著能夠讓人這麼斷言的力量。

「就在這一刻，我眼中的世界改變了呢。」

「咦，是喔？為什麼？變成什麼樣子了？」

讓幸大的世界改變的人，卻完全沒有發現這件事。

面對不停追問的她，幸大只是露出笑容打混過去。

結果她鼓起腮幫子抱怨「告訴我又沒關係」，但最後也同樣笑了出來。

那是一張宛如盛夏太陽般的燦爛笑容。

放學後的國語準備室裡瀰漫著一股香氣。

是來自暖爐上方一塊塊銀色物體的味道。

幸大抽動鼻子嗅了幾下，結果正在確認原稿的明智老師抬起頭來。

「山本，你敢吃烤地瓜嗎？」

「是不討厭啦，不過……」

「不過？」

「在準備室裡烤地瓜，會不會太誇張了一點？」

「不要緊，我有讓空氣流通啊。」

不，不是這方面的問題吧。

幸大為了是否該開口吐嘈的問題而猶豫了片刻，不過，他最後還是選擇以「噢……」含糊回應。

（該說明智老師真的很奇怪，又或者是個自由奔放的人呢？）

明明負責教授古典文學，卻總是披著白袍。能跟學生打成一片的隨和態度，讓他以「感覺不像個老師」的理由，不分男女地廣受學生愛戴。

另外，他總是會加入雜學的上課內容，不但不會過於沉悶，還相當有助於學生吸收課業知識。

說他是個令人猜不透的存在，或許是最貼切的評價吧。

老師的這種地方，跟幸大從國中就認識的柴健——亦即柴崎健有幾分相似。

（不過，柴健他有時反而很好懂就是了……）

「對了，關於這篇報導……」

似乎已經完成確認的老師將原稿擱在桌上。

上頭有幾處用紅筆加上了修正意見，不過，看起來沒有需要大幅修改的地方。

一如幸大所想，老師以放鬆下來的表情說了一聲「辛苦啦」。

「只剩一些小地方要改，你可以拿回去了。」

「謝謝老師。」

雖然嘴上平淡地這麼回答，但幸大其實暗暗鬆了一口氣。

拜託明智老師幫忙確認內容的，是預定在下星期公開的校內報紙的原稿。

社員們採訪、撰寫的內容都必須獲得顧問老師的許可，才能夠刊登在報紙上。所以，

為了不讓版面出現空缺，他們必須反覆修正刊登的文章。最糟糕的情況下，有可能必須用照片或圖畫來填滿版面。

老實說，基於製作時間的因素，這有時也是無可奈何的，但這次可不能允許這種情況發生。

因為，幸大這次的採訪對象，正是以虎太朗等人為首的各社團高一成員。

（如果能讓那則採訪刊登在校內報紙上，學長他們一定也……）

「啊～！是小夏學姊他們！」

「學姊，等一下也請到我們社團來晃晃喔～」

外頭突然傳來一陣歡欣的呼喚聲。

正好奇聲音為何這麼響亮的時候，幸大發現老師確實有為了確保空氣流通，而微微把窗戶打開。

「榎本他們還沒走啊？」

老師不知何時從椅子上起身，然後探頭望向窗外。

基本上，高三生都會在上午的課程結束後返家。會留到放學後的人，不是有其他選修課程要上，就是為了到社團或委員會露臉。

「喂～那邊的高三生！」

一陣打開窗戶的聲響傳來之後，老師將上半身探出窗外。

因為冷風跟著從外頭灌進來，幸大連忙到位於準備室中央的暖爐前方避難。

在這段期間，老師仍對著外頭喊話。

「有時間的話，要不要繞過來我這邊一趟？」

「啥？為什麼啊。」

（啊，剛才那是芹澤學長的聲音。）

從剛才聽到的「小夏學姊」和「榎本」來判斷，幸大原本以為榎本夏樹學姊是和跟她感情很要好的合田學姊、早坂學姊一起行動。

不過，倘若芹澤學長也在的話，或許他們是全員到齊的狀態呢。

人才輩出的學年。黃金世代。存在著各種不同的說法。

總之，那六名學長姊是櫻丘高中的巨星集團，可說是毋庸置疑的事實。

若單從知名度或引人注目的程度來看，這六個人當中恐怕無人能及以讀者模特兒的身分活躍於業界，甚至拍過電視廣告的成海聖奈學姊。

不過，身為「一般人」的榎本學姊一行人，同樣有著能吸引他人的獨特魅力。

這六名男女的形象特色都十分鮮明。

其中，最搶眼的頭號人物就是芹澤春輝學長了吧。

據說，凡是出自他手中的電影，一定都會得獎。甚至還有一部分的人稱他是大會比賽的獎盃獵人。

另外，他同時也很會照顧人，給人一種可靠大哥哥的感覺。在學弟之間擁有超高人氣，可說是他的特徵之一吧。

身為美術社社長的早坂燈里學姊，以及副社長合田美櫻學姊，也都是相關比賽中的常勝軍。

印象中，每逢全校集會的時候，這兩人幾乎都會上台接受表揚。這一整年以來，美術室和貴賓接待室的牆上，也時常裝飾著她們的畫作。

和這兩人相較之下，同樣隸屬於美術社的榎本夏樹學姊比較少得獎。

不過，無論身在何處，她都能讓周遭的氣氛變得很自在，是受到許多學弟妹仰慕的存在。

對幸大來說，她是自國中時期以來的友人虎太朗的姊姊。

而據說正在和這樣的榎本學姊交往的人，便是瀨戶口優學長。

瀨戶口學長不僅文武雙全，個子也很高，在女學生之間以王子殿下的形象聞名。在去年和今年，他都獲選為櫻丘高中的校草第一名。

跟榎本學姊一樣，對幸大來說，他是雛的哥哥「瀨戶口大哥」。

第六號人物則是望月蒼太學長。

他跟芹澤學長、瀨戶口學長一起成立了電影研究社，並擔任社團的副社長。

他們三人再加上榎本學姊，便是兒時玩伴四人組。望月學長似乎被他們喚作「望太」，同時還是經常被捉弄的存在。

（不過，其實都是望月學長在維持那個集團的平衡呢。）

至少看在幸大眼中是如此。

之前，他跟包含望月學長在內的兒時玩伴四人組就讀同一所國中。

因為幸大和他們差了兩個學年，所以實際上同校的期間只有一年而已。

儘管如此，他仍留下了相當強烈的印象。

「那麼，烤地瓜的事情要保密喔。」

老師將敞開的窗戶留下一道縫隙，然後轉過身來。

因為幸大同樣待在準備室裡，所以老師或許以為他有聽到剛才的對話吧。

不過，因為幸大沒能接收到來自外頭的情報，所以對於老師這句發言的前因後果，他完全沒有頭緒。

為了該怎麼回答而猶豫片刻後，他仍老實回應：

「不好意思，我剛才都在發呆。」

「啊，你沒聽到我們的對話？因為那些高三生等一下要過來這裡，如果硬要把烤好的地瓜分成八份，恐怕會變得爛爛的呢。」

看來，是比他想像的更無聊……更正，是更雞毛蒜皮的事情。

幸大先是「噢……」了一聲，接著才淡淡指摘出事實。

「可是，就算我不說，他們應該聞味道就會知道了吧。」

「……也對喔，果然是這樣？嗚哇，怎麼辦啊！」

不知道是真的很困擾，或是在開玩笑，老師一下將雙手舉起，一下又胡亂揮動，彷彿在表演什麼神祕舞蹈。

在幸大茫然地看著老師的反應時，他聽到走廊上傳來腳步聲。

「喂，咲哥，我們來嘍。」
「打擾了～！啊！有一種好香的味道。」
「是……烤地瓜？」
「老師說的好東西就是烤地瓜嗎？」

準備室的大門打開的瞬間，學長姊們七嘴八舌地一起開口。
兒時玩伴四人組的芹澤學長、榎本學姊、望月學長和瀨戶口學長依序現身。
至於早坂學姊和合田學姊，則是在一旁微笑看著這四人默契十足的言行舉止。
（無論什麼時候，學長姊們的感情都這麼好呢……）
平常總是在遠處眺望的光景，現在在眼前呈現出來。
總覺得有點不可思議呢。

「咳咳！各位，遺憾的是，這些烤地瓜是校刊社的所有物。」

輕咳一聲之後，老師擋在學長姊和暖爐之間。

他用套上園藝手套的雙手，協助被鋁箔紙包著的地瓜至他處避風頭。

（原來如此，還有這種方法啊。）

雖然是個怪人，但明智老師同時也不愧是個成熟的大人。

正當幸大為了他完美的藉口而深感佩服時，榎本學姊發出「咦！」的叫聲。

「那麼，老師說的好東西是什麼？」

「不過，嘴上說那是校刊社的所有物，你怎麼還把它們拿走啊，咲哥？」

（嗯？芹澤學長剛才叫老師「咲哥」……？）

一開始，幸大原本還以為是自己聽錯了，但芹澤學長確實稱呼老師為「咲哥」。

「你喔……不是都說過在學校裡要叫我『老師』了嗎？」

明智老師以苦笑回應芹澤學長的吐嘈。

這兩人有著什麼樣的關係呢？

正當幸大感到不解時，他突然被從旁伸出的手揪住了肩頭。

# 山本幸大的情況

「現在，待在這裡的校刊社成員，就只有身為社員的山本幸大，以及身為顧問的我。明白了嗎？」

「咲哥是顧問？真的假的啊，幸大？」

「是的。我們原本的顧問老師今年因為調職而離開了，所以……」

「你看，他也說了吧？是說，原來你們倆感情也很好嗎？」

老師先是露出一臉得意的表情，下一刻，雙眼又因為深感興趣而閃閃發亮。跟幸大不同，他的臉部肌肉似乎鍛鍊得很靈活。

「因為幸大跟夏樹的弟弟虎太朗交情不錯啊。」

「夏樹跟優是鄰居，所以我們也經常會見到面。」

望月學長接在芹澤學長之後補充。

聽到兩人的說明，老師「哦～」了一聲，看似樂在其中般地揚起嘴角。

「像我跟春輝這樣嗎？」

「說得正確一點，應該是像我和虎太朗還有雛這樣才對。」

（也就是說，明智老師跟芹澤學長的哥哥或姊姊是朋友關係？）

總覺得是段令人有些意外、同時也能恍然大悟的關係。

在思考這些的時候，幸大和芹澤學長的眼神對個正著。

「雖然沒有很常跟幸大見面，但對我來說，他就像個小姪子一樣呢，對吧？」

「呃，嗯……」

表現出像剛才回應老師那種不置可否的態度後，站在芹澤學長身旁的望月學長噴笑出來。

「居然說像小姪子……！這種情況下，應該會說對方像弟弟才對吧？」

「就是啊。他又比真正的弟弟更可靠，姊姊覺得很開心呢～」

說著，榎本學姊還不時用力點頭。包包頭也跟著她的動作一起搖晃。

「應該說，他甚至比姊姊都還要來得可靠吧。」

「等一下，優！就算內心這麼覺得，也不可以把這種話說出來啊！」

面對一臉認真地從旁插話的瀨戶口學長，榎本學姊伸手拍了拍他的肩頭。

這也是令人熟悉的一幕。

「對了，明智老師。你說的好東西是什麼？」

望月學長忍著笑意詢問老師。

「啊，對喔。其實呢，下一期的校內報紙的原稿已經準備妥當嘍。」

「咦！」

幸大不禁驚呼出聲。

得知老師所謂的「好東西」裡頭，竟然包括了自己撰寫的原稿，令他大吃一驚。

「這次的篇幅全都是社員嘔心瀝血的結晶。身為顧問的我也覺得很自豪呢！」

幸大還愣在原地的時候，老師已經哼著歌把原稿並排在桌面上了。

看到老師同時在一旁放上列印出來的照片，早坂學姊興奮地喊了一聲「哇啊」。

「小夏，妳的弟弟上報紙了喲！妳看，在這裡。」

「哪裡哪裡？啊，真的耶！而且照片還好大一張。」

「上頭說他是備受期待的新人呢，好棒喔～」

聽到合田學姊的感想，榎本學姊「嗯嗯嗯」地猛點頭。

（太好了。榎本學姊看起來很開心……）

「這次的特別報導，是由山本負責的喔。」

「等等，明智老師……！」

因為老師突如其來的爆料，學長姊們的視線全都集中到幸大的身上。

「好厲害啊～！原來這些內容是山本學弟寫的啊。」

「……因為這次剛好輪到我負責。」

榎本學姊的表情實在太燦爛了，讓幸大連忙將視線移至地面。

接著傳來的，是芹澤學長有些疑惑的嗓音。

「不過，還真罕見耶。每年到了這個時期，校內報紙應該都會以高三生為特別報導的對象吧？」

「啊，我是想說……有餞別的意思在裡頭……」

「餞別？你說這次的特別報導嗎？」

幸大刻意以模糊的表達方式回應，但這似乎造成了反效果。

抬起視線之後，他發現榎本學姊等人不解地面面相覷。

「啊！」

望月學長的聲音傳入他一片空白的腦中。

「看到像這樣呈現出『學弟妹們都很努力喔～』的特別報導，我們也會比較放心嘛。」

「原來如此，是這麼一回事啊。」

聽到望月學長的解釋，芹澤學長也露出恍然大悟的表情。

在幸大為脫離尷尬氣氛而鬆了一口氣的時候，瀨戶口學長突然也跟著開口。

「哦，這樣感覺不錯呢！啊，不過這可要對校刊社的高三成員保密才行吧？」

從他的語氣聽來，瀨戶口學長似乎已經在瞬間明白背後的來龍去脈了。

（好厲害啊。他怎麼會發現呢？）

因學長的救援行動而得到掩護的幸大，不禁輕輕朝他低頭致意。

「是……是的。所以，在張貼出去之前，還希望各位學長姊能保密……」

「放心吧。為了避免某人不小心說溜嘴，我會嚴加看管的。」

「……優，你為什麼要在說這句話的時候看著我？真失禮耶！」

面對舉起雙手抗議的榎本學姊，瀨戶口學長完全沒有表現出退讓的意思，只是帶著笑容回應：

「妳應該還記得吧？前天，為了讓雛他們嚇一大跳，我拜託妳把我買了Haniwa堂布丁的事情保密。不過，好像有個傢伙不小心跟虎太朗說了喔？」

「在驚慌失措的時候，人就是很容易說溜嘴呢。我們彼此都要小心才對啦！」

（他們倆一來一往的對話，並不是事先練習過的呢。）

很自然就你一言我一語地鬥嘴起來的兩人。從他們身上，實在感覺不到男女朋友應有的甜蜜氛圍。

或許是因為兩人身為兒時玩伴的時間，遠比身為戀人的時間要來得長久許多吧。

「夏樹、優，你們適可而止啦。」

「還想繼續的話，等到只剩你們兩個的時候，再私下解決吧～」

芹澤學長和望月學長像是在開玩笑地表示。

大概不是「像是」吧。他們看著那兩人的表情，也充滿了調侃的意味。

下個瞬間，瀨戶口學長和榎本學姊同時閉上了嘴巴。

看到他們連這種時候都默契十足的反應，芹澤學長等人不禁「噗哈」一聲笑出來。

受到其他人的影響，合田學姊和早坂學姊也跟著發出開朗的笑聲。

（……我差不多該離開了。）

幸大若無其事地移動視線，搜尋自己要找的對象。

這時，明智老師已經來到他的身旁，以像是坐在桌上的姿勢站著。

「老師。」

幸大從已經在熱烈討論其他話題的學長姊陣營中脫離出來，開口輕聲呼喚。

老師一瞬間露出吃驚的表情，但隨即又恢復成一如往常的笑容。

「怎麼了？啊，要吃烤地瓜嗎！你等我一下。」

「呃，不……」

還來不及阻止，老師便已經將烤地瓜完美地分成兩半。

事到如今，幸大也無法說出自己其實沒有要吃的事實。他心懷感激地接過半顆烤地瓜，再次開口切入正題。

「我想去跟學長他們報告原稿已經確認ＯＫ的事，所以就先離開嘍。」

「是嗎？啊，那你順便替我問一下高居，我想知道他的編輯後記完成了沒。」

「我明白了。」

輕輕點頭致意後，幸大便悄悄離開了國語準備室。

關上門的瞬間，他聽到裡頭傳來哄堂大笑。

（嚇……嚇我一跳……）

他隔著制服襯衫輕輕按壓猛地抽動了一下的心臟，在走廊上邁開步伐。

外頭異常地安靜。方才那個熱鬧的空間好像從未存在過似的。

（啊，我忘記問望月學長腳本的事情了。）

「話說回來，隔壁班終於也出現了呢。」

隔天，三人一起前往學校餐廳的時候，柴健像是突然想起什麼似地開口。

他在說什麼？

幸大朝虎太朗瞄了一眼，發現他也和自己同樣露出疑惑的表情。

「什麼東西出現了？」

「加入告白隊列的人啊。對象是高三的早坂燈里學姊。」

「告……告白隊列？那是什麼啊？」

看到虎太朗圓瞪雙眼的反應，柴健以「咦，你真的不知道喔？」反問。

「我也是第一次聽說呢。在早坂學姊畢業前，希望至少能跟她告白心意的人，多到必

須排隊……是這樣嗎？」

「正確答案，幸大同學！」

「居然有這種事喔。早坂學姊真的超受歡迎的耶。」

聽到虎太朗嘆為觀止的感想，幸大也表示同意。

「面對一大票趕著向自己告白的人，感覺辛苦的反而是早坂學姊呢。」

先不論榎本學姊，幸大幾乎沒和早坂學姊、合田學姊說過幾句話。

雖然他也曾數度像昨天那樣偶然遇見她們，但真正有一來一往對話的，大概只有為了校內報紙而進行採訪的那次吧。

儘管如此，他還是充分感受到那兩位學姊「心地善良」的事實。

要拒絕他人的告白，想必會造成她們很大的精神負擔吧。

「早坂學姊乾脆接受他們其中一個人就好了嘛。」

「柴健，人家又不是你。」

反射性地這麼開口後，幸大不禁想著「糟糕」而皺起眉頭。
原本對女孩子來者不拒的柴健，最近變得相當安分守己。
雖然不知道他的心境出現了什麼樣的變化，不過剛才那句發言，確實不是應該對想洗刷「輕浮男」形象的朋友說出來的話。

「那個，抱歉……」
「嗳……嗳。」

幸大正打算道歉時，虎太朗的聲音打斷了他。
「怎麼了？」
他轉身一看，虎太朗不知何時停下了腳步，杵在一段距離外的地方。
不知道是不是身體突然不適，他的臉色看起來有點蒼白。
「喂～虎太朗～？你有聽到嗎～？」
柴健也跟著停下腳步，然後對虎太朗揮手。
然而，虎太朗對他的呼喚毫無反應，只是以顫抖的手指指向走廊盡頭。

「那……那邊是不是有什麼東西……？」

「哪裡啊？你有看到嗎，幸大？」

「唔～我沒看到什麼啊……」

「有吧，在男生廁所那邊的柱子後面！」

「「啊！嗚哇～」」

幸大不禁和柴健同時驚叫出聲。

在虎太朗所指之處，望月學長整個人趴在柱子上。

他似乎正不停叨唸著什麼，一副靈魂就要從口中鑽出來的樣子。他看起來精疲力盡到一種極致，手中那個厚重的牛皮紙袋感覺也快要掉到地上。

（望月學長還是老樣子呢～）

這已經是幸大第二次目睹這副模樣的學長了。

第一次是在黃金週之前，為了校內報紙的題材而前往採訪美術社的時候。

採訪結束後，離開美術教室的他感受到一股視線，所以不自覺地轉頭環顧四周。

結果，就像現在這樣，他在走廊柱子的後方發現了望月學長的身影。

（絕對又是跟早坂學姊有關吧。）

「抱歉。我想起還有點事要辦，你們倆先過去吧。」

話剛說完，幸大就跑到那根柱子後方。

他豎起耳朵，試著將望月學長叨唸的內容聽清楚。

「跟燈里美眉告白？而且還形成一條隊列……？」

「你沒發現嗎？我記得你跟早坂學姊同班？」

儘管突然被搭話，眼前的學長卻還是沒有什麼特別的反應。

不僅如此，他甚至還極其自然地和幸大對話起來。

「每到下課時間，她就會一下子從教室裡消失。這原本也讓我有點納悶……」

「呃，這樣不是很可疑嗎……」

就像和虎太朗或柴健對話時那樣，幸大毫不留情地吐嘈了。

不過，學長並沒有因此動怒，只是為他的指摘內容抱頭哀號。

（每次遇上和早坂學姊相關的問題，望月學長就會變成這樣呢～）

不過，這樣的他只要一握起筆，就能夠創作出讓讀者大受感動的文章。

幸大同樣是透過校內報紙的採訪工作，才得以發現這樣的事實。

櫻丘高中的校內報紙，有個依序介紹學校各個社團的專欄。在暑假結束後發行的第一份報紙、亦即九月號的內容，是電影研究社的特別報導。

社員人數，以及社團活動的排程等基本情報，似乎是身為社長的瀨戶口學長負責填寫的。

其他關於「第一次拍電影是在什麼時候」、「為什麼會想要拍電影」這類比較深入的內容，則是針對芹澤學長設想出來的提問。

（不過，芹澤學長的回答都很抽象呢……）

雖然大概能明白他想表達的意思，但要將其轉化成適合做為報導內容的說法，著實讓幸大費了一番功夫。

好不容易完成之後，前往拜託對方做最後確認時，那個「事件」發生了。

「這篇報導……可以讓我再稍微修飾一下嗎？」

「啊，好的。這樣會幫我很大的忙。」

其實，望月學長的這個提議讓他相當感激。

畢竟自己不是電影研究社的成員，所以，恐怕無法確實掌握到問卷答案裡細微的語感。

如果能夠讓當事人幫忙修改，就能減少確認工作的次數了。

學長握著紅筆的手飛快動作著。不消十分鐘，他就將改好的原稿還給幸大。

在道謝之後，幸大當場開始檢視潤飾過的原稿。

然而，還沒看到最後，幸大就不禁愣愣地抬起頭。

因為，經過望月學長修改的原稿，跟自己原先撰寫的內容，幾乎是完全不同層次的東西。

或許是幸大的反應令他很在意吧，學長露出擔心的表情問道：

「對……對不起！果然很怪嗎？那改回原來的內容好了？」

「……不，請讓我採用學長修改過後的內容。」

「真的嗎？是不是因為我是學長，才讓你有所顧忌……」

「怎麼會呢！沒……沒有這回事的，絕對沒有。」

忍不住吶喊出聲之後，幸大只能支支吾吾地蠕動雙唇。

不過，他想說的話似乎已經傳達出去了。學長看起來鬆了一口氣。

從那天開始，幸大就將這份紅筆修正過的原稿一直收在書包裡帶著。

撰寫採訪內容遇到瓶頸時。原稿一直無法通過社長或明智老師的審核時。

這種時候，幸大總會把望月學長的「範本」拿出來反覆閱讀。

當然，他的文筆並沒有因為這樣馬上變好。但心境卻有相當大的轉變。

某天，在圖書館和望月學長碰個正著時，幸大才知道這位替他變出一份「範例」的人

物，原來一直在鑽研腳本創作的技巧。

放學回家時，幸大習慣在車上看書。手邊已經無書可讀的這天，他在社團活動結束後晃到圖書館來。

接近最後放學時間的圖書館裡幾乎沒什麼人。

鴉雀無聲的室內，突然傳來椅子倒地的巨響。

接著是「我懂了！」的謎樣吶喊聲。

幸大反射性地望向聲音傳來的方向，然後看到滿臉通紅的望月學長站在那裡。

「那個，不好意思，我會保持安靜……」

以蚊子叫的音量賠罪之後，學長縮著肩膀坐回椅子上。

但在下個瞬間，他便握著自動筆開始振筆疾書。

周遭的人完全跟不上他這樣的轉變。儘管受到眾多茫然視線的關注，學長卻一副完全置身事外的樣子。他的集中力實在很驚人。

這時，有幾張紙被學長手肘的動作推到地上。

但本人卻渾然不覺。最糟糕的情況下，那幾張紙說不定會被他忘在這裡。

猶豫了片刻後，幸大選擇躡手躡腳地靠近學長。

他將飄落地面的紙張撿起，悄悄放到桌面的一角時——

「啊，有錯字。」

「咦？在哪裡在哪裡？呃，哇啊啊啊啊！」

他忍不住開口提醒的聲音，讓學長嚇到大叫起來。

再次做出這種行為後，別說是讓周遭的其他學生蹙眉了，擔任圖書管理員的老師也忍無可忍地把望月學長和幸大雙雙趕出圖書館。

「不好意思，都是因為我突然跟你搭話。」

「怎麼會呢，這不是你的錯喔，山本學弟！如果我能更顧慮其他人的話……啊，對了，謝謝你替我撿起那幾張紙。我完全沒發現呢，你幫了大忙喔。」

# 山本幸大的情況

「不會……我剛才有瞄到一點內容，請問你是在寫小說之類的嗎，學長？」

「果然被你看到啦？這些其實是腳本喔。雖然還在草稿階段就是了。」

幸大明白，其實裝作沒看到應該會比較好。

學長或許並不喜歡別人提起這個話題，再說，他也不像虎太朗跟學長那麼熟稔。

然而，輸給好奇心的他，已經在不知不覺中向學長鞠躬表示「請借我看」。

一如他所想，望月學長的腳本非常有趣。

因為是以戀愛為主題，剛開始看的時候，幸大原本還在想內容不知如何，然而，就像看自己偏好的推理小說那樣，他幾乎停不下翻頁的動作。

不過，遺憾的是，這是還沒完成的腳本。

於是，幸大拜託學長在寫完之後第一個拿給他看。為此，他一直盼到今天。

從厚度來判斷，學長拎在手裡的那個牛皮紙袋，裝的應該就是一整疊腳本吧。

好想快點看到。好想知道後續。

幸大按捺著想這麼大喊的衝動，輕聲開口呼喚。

「那個……望月學長。」

「不管在誰眼中，燈里美眉都很可愛對吧……」

「啊？噢，是啊。」

「有……有人同意我哇啊啊！山本學弟，難道你也喜……喜喜……」

「不，我純粹是尊敬她而已。對了，望月學長，你已經完成之前的腳本了嗎？」

「呃？咦，山本學弟……」

望月學長愣愣地眨了幾下眼。

現在，他的內心想必湧現了「你是什麼時候出現的？」這樣的問題。

望月學長驚人的集中力，似乎也會在這種關頭發揮得淋漓盡致。

「虎太朗剛才發現你在這裡，所以……」

雖然是省略掉很多部分的說明，但學長接受了這樣的說法。

「啊……噢，原來是這樣。那個……我因為想來找你……」

「這個牛皮紙袋裡裝的是腳本嗎？」

「沒錯沒錯。我昨晚終於寫完了，就把它統統列印出來。讓你帶這麼重的東西回去，感覺有點不好意思呢，不過……如果你能趁空閒時看看內容，我會很開心的。」

「非常……感謝你。」

從學長手中接過的牛皮紙袋，遠比看起來還要沉重。掌心傳來的沉甸甸觸感，讓期待隨著心跳一起加速。

「我等一下馬上看。」

「這麼做我是很開心啦，但你可得好好吃午餐才行喔。」

「那我吃完馬上看。」

「啊，也要好好上課喔。」

「……等到放學之後再一鼓作氣看好了。」

「啊哈哈！那就請你這麼做吧。」

望月學長露出有些害臊的笑容，接著揮手說了聲「那就先這樣嘍」，然後轉身離開。

他的目的地是位於同一層樓的學校餐廳。

（……他不打算去找早坂學姊啊。）

人心就像是一個無法解讀的黑盒子。戀愛感情當然更不用說了。

幸大過去一直這麼覺得，所以也不打算讓自己隨便栽進去。

不過，在這一刻，他卻湧現了這樣的意欲。

這天，在告知放學的第一個鐘聲響起的同時，幸大就拔腿衝向圖書館。

他在窗邊的最後一個位子坐下，然後打開裝有腳本的牛皮紙袋。

《嫉妒的答覆》。

第一頁只印著這幾個字。

這是幸大頭一次看到的句子。

學長似乎是在全數寫完後決定了標題。

幸大試著讓加速的心跳鎮靜下來，然後翻開下一頁。

看完最後一行文字時，幸大感覺螢光燈管的亮度格外炫目。

他用手按摩變得僵硬不已的脖子，並望向窗外。太陽早已下山，月亮高掛在染上一片藍黑色的夜空之中。

「你已經看完了嗎？真令人開心呢。」

吐出一口氣放鬆的瞬間，一個聲音從近在咫尺的地方傳來。

仍沉浸在故事餘韻當中的幸大，慢了半拍才轉過頭。

「……望月學長！啊，好痛！」

頸子發出一陣「喀啦」的聲響，並開始隱隱作痛。但現在不是在意這個的時候。

「抱歉，都是我突然向你搭話……」

「不，沒關係。比起這個，你是什麼時候出現在這裡的？」

學長看到自己讀劇本的樣子了嗎？

幸大因此有些坐立不安。不過，幸好學長笑著對他說「我才剛到而已」。

「我想起有一本借來參考的書，借閱期限剛好是今天，所以急急忙忙跑過來還。」

「原來……是這樣啊。」

幸大這麼回應後，兩人的對話就此中斷。

在一張空椅子上坐下之後，望月學長微微低下頭凝視著自己的手。

（出現在腳本裡的登場人物，也有這樣的習慣呢……）

感覺愈來愈接近謎底的幸大緩緩開口。

# 山本幸大的情況

「我把你的腳本看完了。」

「啊，嗯。謝謝你。」

「學長……你為什麼會想要寫這個故事？」

這是幸大在看完腳本之後最先湧現的疑問。

望月學長撰寫的內容，是以現代高中為舞台的愛情故事。

另一方面，這也是一個歌頌青春的故事——出現在腳本裡的六名男女，在和彼此擦肩而過、發生衝突的同時，也努力藉此正視自己的心情。

如果只看劇情大綱，或許會覺得是個「稀鬆平常的故事」吧。

然而，幸大卻覺得這個腳本綻放著獨一無二的耀眼光芒。

因為，每個登場人物都相當貼近真實，感覺就好像和自己生活在同一個世界裡。

而且還真的就像是近在自己身邊的存在。

「寫這個故事的理由啊……」

學長發出「唔～」的呻吟聲，視線也不停在半空中轉來轉去。

最後，看似找到答案的他以手指搔著臉頰表示：

「或許是想用文字來抒發自己當下的心情……吧？所以，老實說，我一開始原本沒有打算拿給任何人看呢。」

「咦……！」

這件事是幸大初次耳聞。

看到他吃驚得說不出話來，學長帶著難以啟齒的表情開口：

「感覺春輝是電影導演，而優是製作人，各自有負責的專業領域。不過，其實我一直以來比較像打雜的，沒有什麼能讓我說出『這就是我的專長！』之類的東西。」

說著，望月學長從書包裡取出一個透明資料夾。

夾在裡頭的是幾張筆記。列印出來的文字上頭，有著以紅、藍、綠等不同顏色的筆再三修改過的字跡。

「不過，有一天，我試著透過眼前這個腳本宣洩自己的心情後，卻發現這麼做很有趣呢。然後就想繼續寫下去……」

學長用手指撫過原子筆的字跡，像是細細品味著回憶般開口。

幸大說不出任何話，只能沉默地點點頭。

「抱著恣意發揮的心情完成了一部分之後，你跟我說希望還能看到後續。那時我真的很開心呢。之後，我就在意識到讀者的狀態下，把結局和故事大綱都改寫了。」

（噢，原來是這麼一回事啊……）

感覺像是作者在闡述自身心境變化的這個作品。聽到學長的回答後，幸大更加確定了。

在腳本中登場的人物，既是望月學長，也不是望月學長。

所以，幸大刻意這麼問。

「學長。換成你的話，會跟自己的心儀對象告白嗎？」

「嗯，我已經告白過嘍。」

「……這樣啊。」

「不過，每個人的情況都不同嘛。」

學長露出笑容，像是在數什麼似的彎起指頭。

「把喜歡的人當成告白練習的對象，因為知道沒有希望，所以為了不造成對方的負擔，而選擇不要告白……」

幸大不知道這一刻浮現於學長腦中的人是誰。

不過，從他溫柔不已的表情看來，想必是相當重要的人吧。

「我認為，這些不同的選擇，同時也都是正確的選擇。」

他的嗓音聽來清晰有力。

彷彿帶著一絲說給自己聽的感覺。

「……其實，我自顧自地認為山本學弟你跟我有點像呢。」

聽到突然轉變的話題，幸大像是出自反射般地以「噢……」回應。

原本還在思考對方會怎麼接下去，但學長卻從令人意外的角度發表出見解。

「喜歡觀察人類，所以，在不知不覺中也以客觀的角度來審視自己的感覺？」

「！」

「咦，被我說中了嗎？」

看到學長露出壞心眼的笑容，幸大只能回以表示投降的苦笑。

直到目前為止，自己一直都是個旁觀者。

喜歡看書、喜歡觀察人類、總是恣意說出自己想到的見解。

有個人讓他明白這樣的自己也能幫上別人的忙，也屬於這個世界的一部分。

有個人說過，沒有徹頭徹尾的旁觀者，在自己的人生中，自己就是主角。

兩年後，自己會變成什麼樣子呢？

想變成什麼樣子呢？

幸大不禁將雙手緊緊握拳。

學長姊畢業典禮的這天，是個令人舒暢無比的好天氣。

典禮結束後，幸大留在體育館裡收拾椅子。這時，放在西裝外套裡的手機震動起來。

是望月學長打來的電話。

『山本學弟，帶著相機到頂樓集合吧！』

對方只說了這句話，便切斷通話。

或許是想找幸大替大家拍照吧。不過，為什麼會找他呢？

儘管感到不解，幸大仍為了拿相機而趕回社團教室。

聚集在頂樓的是熟悉的六人組。

榎本學姊和早坂學姊的眼眶雖然都有點紅，但在望向鏡頭的瞬間，她們都露出了燦爛的笑容。

「難得有這個機會，大家要不要擺什麼姿勢？」

「我想勾著小夏的手臂呢……」

「燈里，妳怎麼這麼可愛呢！好啊好啊，要勾多久都可以喔。」

兩位學姊這麼笑鬧的同時，望月學長卻是一臉鬱悶。

不用問，他想必很羨慕榎本學姊吧。

從旁目睹一連串經過的瀨戶口學長，臉上則是浮現苦笑。

「真羨慕你耶，優。看起來一臉悠哉的。畢竟你隨時都能牽夏樹的手嘛。」

「不，也沒有這麼……」

「什麼什麼～？你很羨慕嗎，望太？」

榎本學姊露出欺負人的笑容後，早坂學姊單手握拳敲了敲另一隻手的掌心，似乎是想到了什麼好點子。

「那麼，望月同學跟瀨戶口同學牽手怎麼樣呢？」

下個瞬間，沉默籠罩了眾人。

榎本學姊隨即捧腹大笑，望月學長則是無言地抬頭仰望天空。

瀨戶口學長則是帶著僵硬的笑容，向早坂學姊詢問「為……為什麼啊」。

「是鏡頭視角的問題！六個人排成一列照相的話，可能會無法塞進鏡頭呢。所以，我想說我們在前面稍微蹲低身子，然後讓你們三個男生站在後面。」

（原……原來如此。這麼做是有理由的啊……）

幸大一面調整相機鏡頭，一面在內心苦笑。

為了得到理想的曝光效果而調整拍攝方向時，鏡頭捕捉到站在一段距離外的芹澤學長和合田學姊的身影。

兩人的聲音傳不到幸大所在的位置。

不過，看著他們臉上柔和的表情，幸大的嘴角也不自覺地揚起。

「好～大家集合！要拍照嘍～」

在榎本學姊的一聲號令之後，攝影開始了。

並肩站在前排的榎本學姊、早坂學姊和合田學姊，勾著或牽著彼此的手。

瀨戶口學長、望月學長和芹澤學長則是站在後排。

一張、兩張、三張……

最後再用望月學長的手機拍下照片，這場攝影會便劃下句點。

學長姊們帶著依依不捨的表情，時而眺望著校園的風景，時而瀏覽照片。

原本打算就這樣靜靜離開的幸大，在收拾拍照工具時，發現一直被他收藏在書包內袋

裡的「某個東西」，於是又停下。

「榎本學姊，打擾一下。如果不嫌棄的話，請妳收下這個。」

「哇啊，謝謝你！是相簿？」

「是的。是校刊社累積起來的照片。」

「好厲害喔，竟然有這麼多……」

榎本學姊雙眼閃閃發光地凝視著相簿內頁。

最後，她翻頁的手停了下來。

「這是……」

「是榎本學姊和瀨戶口學長呢。」

聽到這個平鋪直敘的回答，榎本學姊笑出聲來。

「噗哈！山本學弟，這還真是客觀的敘述耶～」

「是的。從客觀角度來看，你們兩位待在一起的時候，一直都是這樣喔。」

「……是嗎？原來我跟優露出了這樣的表情啊。」

自己的照片和發言，讓對方露出幸福洋溢的表情。

幸大覺得光是這樣，就已經夠幸福了。

不過，其實……

內心想對她說的話還堆積如山。

也有還沒傳達給她的心情。

所以，幸大將所有的情感全都匯集在一起，以不像自己的宏亮嗓音開口。

「學姊，恭喜妳畢業。」

# 山本幸大的情況

# 戀色綻放

Text：藤谷燈子

Sota Mochizuki
Natsuki Enomoto
Akari Hayasaka

我們仍是「未完成狀態」。
不喜歡這樣的自己。好想要改變。
就算在心中這麼吶喊，也總是因為時間不夠，只能默默迎接明天的到來。

每天都在重複相同的事情。
今天也是。回過神來的時候，高中三年的生活即將要結束了。

不過，真的是這樣嗎？
一直都是萎靡不振的狀態嗎？

感覺坐立不安，無法冷靜下來。
像是被什麼催促著的我，一大清早便踏出家門。

爽朗的微風輕撫過戀雪的臉，將他的瀏海揚起。

今天是好幾天不見的大晴天。

中庭這裡也充滿著春日和煦的陽光。

戀雪坐在長椅上，眺望著高二學弟妹們種下的五顏六色的花朵。

（因為瀨戶口學妹他們種了鬱金香，所以這邊改種三色堇嗎？）

「「學長，恭喜你畢業。」」

他彷彿聽到雛和虎太朗的聲音乘風而來。

閉上雙眼，位於校園一角的某個花圃便重新浮現在眼前。

黃色、橘色、紅色、粉紅色的花朵以漸層色的方式排列，讓人感受到兩人想讓賞花者充分享受視覺饗宴的用心。

「明年的文化祭，請你一定要回來玩喔。」

雖然嗓音聽起來很平淡，但虎太朗確實這麼對他說。

明白他已經承認自己是社團的「學長」，讓戀雪打從內心欣喜不已。

「啊啊，不行。回想起來的話，我的淚腺又……」

戀雪露出苦笑，以手背抹了抹自己的眼角。

原來，遇到開心的事情時，也會讓人想要落淚呢。戀雪以反應有些遲鈍的腦袋這麼想著。

（我果然還有很多不知道的事情啊……）

「咦，阿雪？早啊，你來得好早喔。」

伴隨著接近的腳步聲，有人從後方開口呼喚了他。

是同班的望月蒼太。

戀雪用力抹了抹眼頭，然後緩緩轉頭。

「早安。因為我有點在意花圃的狀況，所以……」

「啊哈哈！很像你的作風啊。」

「你也很早來呢，阿望。怎麼了嗎？」

「我就知道絕對會有人這麼問我！雖然知道，不過……唔～」

蒼太露出苦笑在戀雪身旁坐下。

（咦，他也坐下來沒關係嗎……？）

會一大清早來到學校，應該是有什麼事情要處理吧——戀雪原本是這麼想的。不過，事實似乎並非如此。

蒼太以指尖把玩著脖子上的圍巾，還不停發出「嗚～」、「啊～」的呻吟聲。

「那個，如果是不方便告訴我的事情……」

「不……不是啦。不是你想的那樣。因為其實沒什麼理由，所以反而很難解釋呢。」

蒼太慌張地揮著手說明：

「可能是因為緊張吧？我昨天一整晚都沒睡好，早上還在鬧鐘響之前就醒來了。因為待在家裡也讓人心神不寧，所以乾脆早點到學校來這樣。」

「我大概能體會這種感覺呢。」

「咦！你不是為了社團而提早到校嗎？」

看到蒼太圓瞪雙眼的反應，戀雪苦笑著回答：

「我已經退隱了，照理說，已經沒有需要我做的事情了。可是……」

「啊～原來如此。不過，我也能體會這種感覺喔。」

蒼太垂下眉毛，說出和戀雪前一刻相同的發言。

「高中三年真的過得好快喔。等一下就要舉行畢業典禮了，我卻覺得一點真實感都沒有。」

說著，蒼太抬頭仰望天空。

戀雪也跟著望向這片萬里無雲的蒼穹。

「會湧現這麼落寞的感受，恐怕是剛入學的時候完全沒想過的呢。」

「……我也覺得很意外。」

戀雪將擱在腿上的手緊緊握拳。

進入櫻丘高中就讀的那一天。

想到之後即將展開的高中三年的生活，戀雪懷抱著略為憂鬱的氣氛，和其他同學一起並排站在體育館裡。

國中時的狀況一定又會重演。

他仍會過著像透明人的每一天。三年的時光，就這樣在轉眼間消逝——

戀雪原本是這麼想的。

（可是，現在……）

「會覺得畢業讓人落寞，其實是一件很幸福的事呢。」

戀雪打從內心這麼認為。

這樣的想法也讓他很開心，笑容因此自然而然從臉上浮現。

「阿雪，你這句話說得很不錯耶。」

蒼太語帶佩服地表示，同時還以手肘輕輕朝戀雪的手臂撞了幾下。

「這只是我的真心話而已啦。」

戀雪笑著回應，同樣也以手肘回撞蒼太。

雖然沒特別做什麼，卻有種不好意思的感覺。

（我也結交到能夠稱為朋友的存在了呢～）

長久以來，戀雪都已經習慣孤獨一人。

然而，他卻有一顆愛說話的內心，不斷向他訴說著「我無法喜歡這樣的自己」。

至少，他想變得能夠抬頭挺胸地站在夏樹面前。所以，戀雪將眼鏡換成隱形眼鏡，也毅然將隔絕他和周遭視線的瀏海剪短。

一切都是從那一天開始改變的。

「阿雪。我啊，一直都覺得你很厲害喔。因為你主動改變了自己嘛。」

蒼太開口的時機，簡直像是看透了戀雪的內心世界。

後者吃驚地「咦」了一聲，說不出半句話。

另一方面，蒼太則是一臉認真地彎下自己的大拇指，像是在數什麼似的。

「除了外在的造型，你的個性也變得開朗了。變得比較常露出笑容，讓人能輕鬆跟你交談。」

「阿望……」

「再加上園藝社！當初明明是一個人繼承了整個社團，現在，社員卻不知不覺增加成五個人了呢。優他們也覺得很厲害喔。」

（原來瀨戶口同學也有在關注這件事啊。）

戀雪的視線所及之處，總是會有夏樹的存在。

她的身旁也都會有優陪伴。戀雪一直只能在遠處眺望這兩人的身影。

優想必沒把他當成情敵看待吧。

雖然戀雪曾經這麼想，但事實或許並非如此。

至少，自己仍確實存在於他的視野之中。

「我也莫名有這樣的想法呢。想要改變、必須改變之類的。難得能跟喜歡的人同班，我卻沒能好好跟她說過幾次話。」

這樣子很沒出息對吧——笑著這麼說的蒼太，讓戀雪把他的身影跟昔日的自己重疊在一起。

戀雪說不出任何回應的話，只好沉默以對。

（阿望喜歡的人是早坂同學吧。）

她是個被譽為全班第一、甚至是全學年第一的美少女，有著相當溫柔的個性。

同時，也是無論戀雪在「變身」之前或之後，都以相同的態度對待他的少數同學之一。

這樣的女孩子，沒有不受歡迎的道理。

就算不是蒼太，想在眾目睽睽之下向她攀談，仍需要一些勇氣。

「不過，你也改變了呢，阿望。」

這不是恭維，而是戀雪的真心話。

不過，蒼太本人似乎毫無自覺，所以只是愣愣地張大嘴巴。

這種反應也很像他。

蒼太原本就有著待人親切又體貼的個性。

不過，他有時會因為太溫柔、過度顧慮周遭的感受，因而壓抑自身的想法。

雖然跟戀雪不太一樣，但這或許也是蒼太和他人保持距離的方式。

蒼太身上出現轉變，約莫是在夏天過去的時候。

剛開始只是一些細微的變化。

除了自己擅長的國語以外，他變得也會在其他課堂上舉手回答問題。戀雪還曾好幾次看到他發現別人有困擾時，主動過去詢問是否需要幫忙。蒼太臉上的笑容變多了，也開始會和燈里交談。

在寒假結束後，戀雪覺得蒼太和燈里之間的距離又縮短了。

或許是因為籠罩著兩人的氣氛變得相當柔和的緣故吧。

雖然不曾直接向本人確認，但戀雪就是有這樣的感覺。

「……我有改變嗎？阿雪，你真的這麼認為？」

「是的。」

戀雪迎上蒼太的視線，對他用力點點頭。

隨後，綻放出笑容的蒼太回了一句「這樣啊」，然後開始哼歌。

（這首歌是……）

雖然忘記歌名是什麼，但戀雪記得這應該是一首情歌。

和他們同學年的成海聖奈拍攝的那支電視廣告，用的就是這首歌曲。戀雪記得夏樹曾經做出「這首歌不錯耶，讓人很有感覺～」的評價。

「這首歌的歌名是什麼來著……」

「咦？嗚哇！難道我實際唱出來了嗎？」

「啊，不，你只是用鼻子哼歌而已。」

聽到戀雪的指摘，滿臉通紅的蒼太支支吾吾地回應。

「我也一時想不起歌名，不過……是一首描述青春的歌呢。」

「……青春……」

即使是同一首歌，也會因為聽的人不同，而出現不一樣的詮釋。

然而，「青春」這個出人意表的答案，還是讓戀雪愣愣地眨了幾下眼。

「咦，跟你想的那首歌不一樣嗎？」

「不，我想應該是一樣的。只是，我原本以為那是一首情歌呢。」

聽到戀雪的說明，蒼太點頭回應「原來如此」。

「不過啊，喜歡上某個人、變得想要全力奔跑、想為了對方逞強、甚至連明天的事都無暇去思考。還有因為對方的影響，而發現這個世界原來比自己想像得還要開闊之類的……」

在蒼太複述歌詞的同時，戀雪覺得胸口有種豁然開朗的感覺。

「這樣的體驗，不就是青春嗎？」

「……說得也是呢。」

聽到自己的聲音確實傳入耳中，戀雪茫然地用手遮住嘴巴。

比起腦中恍然大悟的思緒，聲音卻早一步做出了反應，讓他覺得有些不可思議。

（這樣啊。原來我也確實體驗過「青春」了嗎……）

「那首歌之所以會這麼受歡迎，或許是因為每個人都懷抱著『想要改變』的心情吧。」

蒼太仰望著蔚藍天空說道。

「去卡拉ＯＫ唱這首歌的話，又會有另一種神清氣爽的感受喔~好像能讓人突然站起來宣言『今天不能再和昨天一樣！』的感覺。」

「……聽起來不錯呢。我也想試著拉開嗓子大聲唱歌。」

「真的嗎？那下次你也跟我們一起去吧，阿雪。」

「請務必約我一起。」

「啊！」

在戀雪回應的同時，蒼太突然大叫一聲。

接著，他從長椅上起身，手忙腳亂地整理自己的髮型。

（他怎麼突然這樣？）

順著蒼太的視線望去之後，戀雪發現了燈里的身影。

朝學校走來的她，身旁有著夏樹和美櫻，身後則是優和春輝。

今天，是能夠目睹這種光景的最後一天了。

到了學校就能見面。隨時都能說上幾句話。

這樣的關係即將消失。

（不過，畢業並不代表離別……）

只要從今天開始打造出另一種新的關係就好。

內心這麼希望的話，無論何時都能夠重新開始。

打造出明天的，是自己的力量。

「啊，我發現戀雪同學了！早啊～你今天也好早呢。」

發現戀雪的夏樹露出笑容向他揮手。

戀雪也揮手回應她，然後從長椅上起身。

「阿望，我們也走吧。」

「也對！」

戀雪和蒼太並肩踏出輕快的腳步。

嶄新的、最初的第一步。

我們仍是「未完成狀態」。

儘管為了耍帥，而在她面前說出「不要緊」或是「我會保護妳」這種台詞，但自己的嗓音仍在發抖，甚至連雙腿都微微打顫。

真是沒出息啊。真令人不甘心啊。
面對如此令人汗顏的自己，好幾次都不禁緊緊咬唇。

可是，每當她在自己面前展露笑容，感覺整個世界好像就變得不同。
就算是現在這股無憑無據的自信，只要某天將它化為真實即可。

昨天的「討厭」、今天的溫柔、以及加速心跳的聲音。
這些全都會成為推動我的力量。

正因為我們仍是「未完成狀態」。
所以，不管是明天的事情、未來的事情，都無須急著下決定。
牽起妳的手，帶著妳往前走吧。

朝向那片燦爛炫目的光芒。

# HoneyWorks成員留言板！

感謝。

Gom

恭喜你
我曾經喜歡過的person

Gom
HoneyWorks

萬分感謝將
《戀色綻放》小說化的企畫。
你的戀愛會綻放出什麼顏色呢？
嗯(´・◡・`)？
shito

shito
HoneyWorks

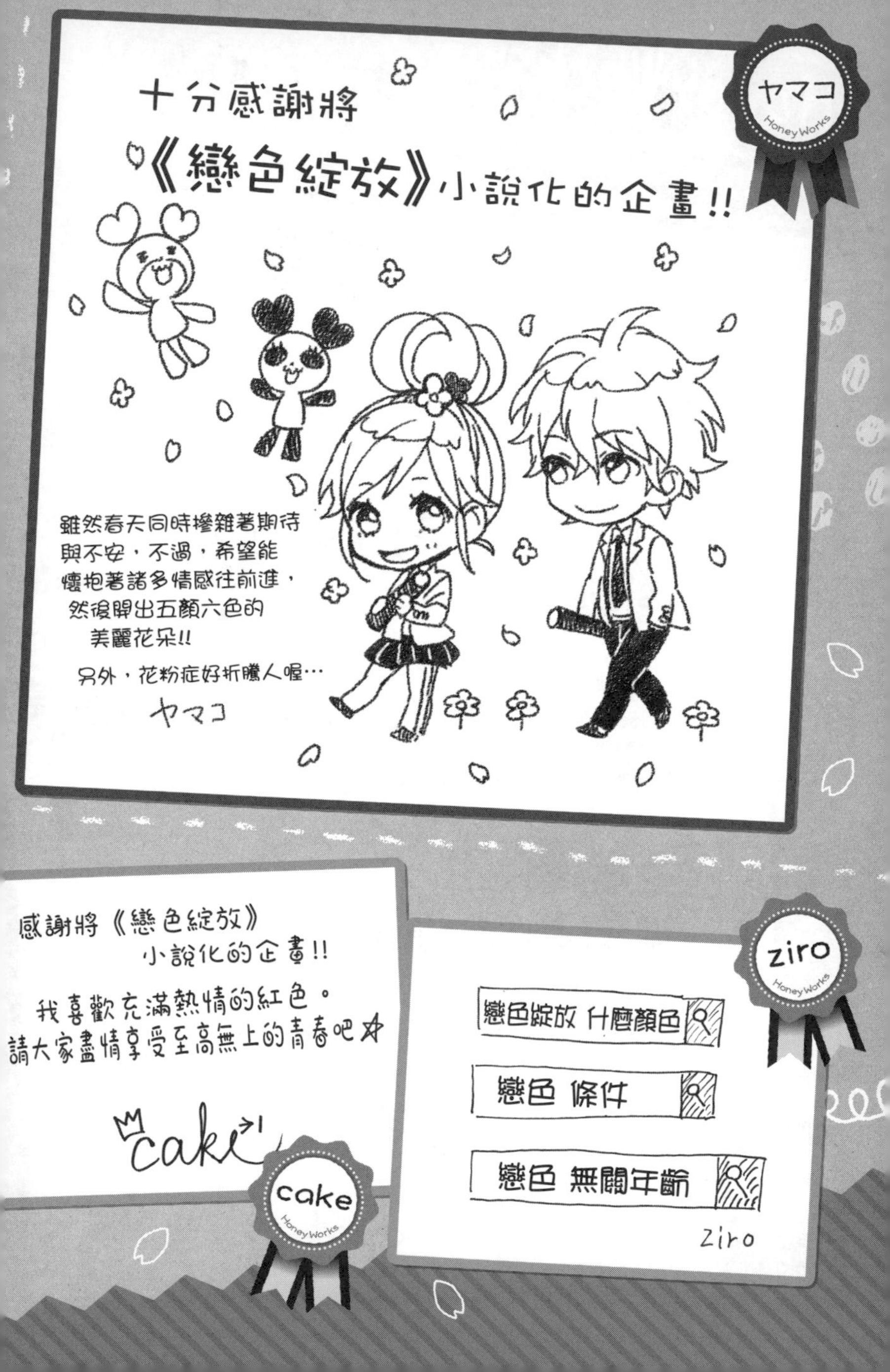

ヤマコ
HoneyWorks
十分感謝將
《戀色綻放》小說化的企畫!!
雖然春天同時摻雜著期待
與不安，不過，希望能
懷抱著諸多情感往前進，
然後開出五顏六色的
美麗花朵!!
另外，花粉症好折騰人喔…
ヤマコ
感謝將《戀色綻放》
小說化的企畫!!
我喜歡充滿熱情的紅色。
請大家盡情享受至高無上的青春吧☆
cake
cake
HoneyWorks
ziro
HoneyWorks
戀色綻放 什麼顏色
戀色 條件
戀色 無關年齡
ziro

ろこる
HoneyWorks

收錄了多篇各式各樣的
故事的《戀色綻放》…！
有失落、有心動、還有內心的糾葛。
都是會讓人感覺「好想度過這種青春」的
故事呢。青春…真好啊！

ろこる

《戀色綻放》

對大家來說，戀愛
是什麼顏色的呢？
請試著談不同顏色的
戀愛吧♡

モゲラッタ
モゲラッタ
HoneyWorks

支援成員！

希望大家都能朝著自己的
夢想和目標筆直前進。
琢磨出只屬於自己的顏色（個性）
然後讓戀色綻放吧～!!!

AtsuyuK!

Atsuyuk!
HoneyWorks

《戀色綻放》……
究竟會是何種顏色呢……
一定是十分美麗的顏色吧……♡
請務必看完本作喔！

oji

Oji
HoneyWorks

Who's next?

Kadokawa Light Novels

# 喜歡☆討厭

Kadokawa Fantastic Novels

原案：HoneyWorks　作者：藤谷燈子　插畫：ヤマコ

**HoneyWorks超高人氣的代表曲「喜歡☆討厭」，獻上眾所期待的小說化！**

我，音崎鈴，是個愛好平穩與和平的女高中生。某天，逢坂學園輕音社的主唱，被吹捧為「王子☆」的加賀美蓮，竟然當著全校師生的面突然向我告白啦——！而且，我還誤打誤撞地加入了輕音社……！為了鈴＆蓮＆未來所準備的舞台，即將開演！

台灣角川

NT$180/HK$55

國家圖書館出版品預行編目資料

告白預演系列. 5, 戀色綻放 / HoneyWorks原案 ; 藤谷燈子, 香坂茉里作 ; 咖比獸譯. -- 初版. -- 臺北市 : 臺灣角川, 2016.11
面 ; 公分
譯自 : 告白予行練習. 5, 恋色に咲け
ISBN 978-986-473-297-5(平裝)

861.57 105014436

Kadokawa
Fantastic
Novels

告白預演系列5

# 戀色綻放

（原著名：告白予行練習5 恋色に咲け）

2016年11月3日 初版第1刷發行
2023年11月21日 初版第3刷發行

原案：HoneyWorks
作者：藤谷燈子、香坂茉里
插畫：ヤマコ
譯者：咖比獸

發行人：岩崎剛人
總編輯：蔡佩芬
編輯：黃怡珮
美術設計：宋芳茹
印務：李明修（主任）、張加恩（主任）、張凱棋

發行所：台灣角川股份有限公司
地址：104台北市中山區松江路223號3樓
電話：（02）2515-3000
傳真：（02）2515-0033
網址：www.kadokawa.com.tw
劃撥帳戶：台灣角川股份有限公司
劃撥帳號：19487412
法律顧問：有澤法律事務所
製版：尚騰印刷事業有限公司
ISBN：978-986-473-297-5